絡新婦の糸

じょろうぐものいと

警視庁サイバー犯罪対策課

中山七里

新潮社

絡新婦の糸　警視庁サイバー犯罪対策課　目次

装画　神田ゆみこ

絡新婦の糸　警視庁サイバー犯罪対策課

一　バズる

1

「味噌ラーメンと半ライス上がったよーっ」
「あいよ。味噌ラーメンと半ライスお待ちい」

　正午過ぎの書き入れ時だというのに〈ラーメンいそべ〉の店内は閑散としていた。磯部(いそべ)郁子(いくこ)は厨房の聡司(さとし)から丼を受け取り、客の待つカウンターに運ぶ。厨房から出されたものが注文内容と合致しているのを確認し、料理は両手を添えて提供する。テーブルにはゆっくりと置き、客の頭上や背中越しに渡すのは極力避ける。もちろん料理が客の正面を向くように配置するのは言うまでもない。

　半世紀もラーメン屋を営んでいれば、自然に身につく所作だ。だが年季の入った所作も披露する機会がなければ、ただの手癖でしかない。

　カウンターの客は二人だけ、テーブル席には誰も座っていない。平日の昼食時にこの有様では夜の部も期待できそうにない。

三年ほど前までは店内に賑わいがあった。麵は手打ちで、自慢の味噌ラーメンはブタの背ガラとゲンコツに白菜の芯を加えて十時間煮込んでいる。濃厚で甘いスープはテレビのグルメ番組で取り上げられたこともあるくらいだ。昼食時には毎日のように行列ができていた。

事情が一変したのは、やはり近くにショッピングモールが完成してからだろう。ただのショッピングモールではなく地階に各地の名店を集めた〈ラーメン王国〉なるコーナーを設けていたのだが、これが既存のラーメン店に致命的な打撃を与えた。『エンターテインメント・ラーメン』とのキャッチフレーズも高らかにショッピングモールの目玉となり、たちまち周辺のラーメン屋を駆逐し始めたのだ。〈ラーメンいそべ〉は言うに及ばず、ほとんどの客が〈ラーメン王国〉に流れてしまい、カップルやファミリー層のみならず、ラーメン好きの固定客まで奪われ、近隣のラーメン屋は次々に店を畳んでいく。元からあった店で残っているのは、今や〈ラーメンいそべ〉だけになってしまった。

生き残ったところでこうも客の入りが悪ければいずれ他店と同じ道を辿るのは必至だ。意地っ張りな聡司と郁子も抵抗を試みるが寄る年波には勝てない。肉体的な衰えと経済的な疲弊が二人から商売を続ける体力と気力を奪っていく。

「ごっそさん」

カウンター客の一人が席を立つ。この客は一カ月ほど前から毎週やってくる男で、そろそろ常連になりつつある。だが常連になってくれるまで果たして店が存続しているかどうか、甚だ心許なかった。

残った一人が店を出ると、客は誰もいなくなった。新しい客も現れず、店内にはテレビ番組の音声が白々しく流れるだけとなる。

「もう、閉めちまうか」

「駄目よ」

厨房からの声に、郁子は半ば怒りながら笑い返す。

「ランチは三時までって決まってるでしょ」

「そうだけどよ」

愚痴っぽい口調で、聡司も冗談半分で言ったことが分かる。ほっと胸を撫で下ろすが、後の半分が本気であるのも分かる。

「余った材料で賄いを作るのはいいけどよ。もう脂っぽいモンは老いぼれにはキツいよな」

「あたしは父ちゃんの作るスープ、飽きないけどね」

「へん」

聡司は拗ねたように答えてから寸胴鍋の中を覗き込む。ランチが終わる時分には仕込みを始めるのが日課だが、最近はめっきり覇気がない。

郁子は客が来るまでの一服を決め込み、カウンター席の端に腰を下ろす。

開店した時、聡司は二十八、郁子は二十一だった。あれから五十年、オイルショックや小麦粉の急騰など幾度も廃業の危機が訪れたが、その度に何とか乗り越えてきた。当時は息子の健也を育てなくてはいけないので店を畳むなど思いもよらなかったのだ。

　その健也も成人し一般企業に入社した。親元を離れたので、夫婦としては自分たちの食い扶持を稼げればいいだけだ。そうした切実さがないのも無気力の一因になっている。

　郁子は改めて店内を見回す。開店してから一度改装しただけで、どうしても色褪せた感は拭えない。天井や壁には脂が染み込み、窓ガラスも相当にくすんでいる。品書きは元の色が分からないほど黄ばんでしまった。客で賑わっている時には気にもならないが、こうしてぽつねんとしていると、店も自分たちと同様に朽ちているのが確認できる。

　お互い寿命がきているのだろう。

　十年前であれば思いついた途端に打ち消していた考えも、最近ではあまり抵抗なく受容できるようになってきた。死ぬまでラーメン屋を続けたい気持ちはあるが、一方では潮時だと囁く声も聞こえる。

「もう、五十年だものねえ」

　独り言のつもりだったが、聡司が聞きつけた。

「ああ、もう五十年だ。我ながらよくやったよ」

　声に力がなかった。

「ひと区切りだと思わねえか。五十年だぞ、五十年」

　聡司が店を続けてきた年数を誇りでなく、諦めで語るのは初めてではないのか。郁子は心に穴が開くような気分で続く言葉を聞く。

「五十年も経てば色んなものが変わる。流行りが変われば、客の好みも変わってくらあ」

「でも父ちゃんの味噌ラーメンは今でも美味しい」

「家系が流行った時には時流に乗れたと思ったんだが、商売敵が多い割に客層が広がらなかった。結局はパイの食い合いになって、そうなりゃ店が広くて回転率の高いところの勝ちだ」

〈ラーメン王国〉には家系ラーメンの有名店もひしめき合っている。夫婦二人の小さな店が淘汰されるのは時間の問題だったという訳か。

「でも、ウチはグルメ番組に取り上げられたこともあるんだし」

咄嗟に郁子は聡司を翻意させようとする。どちらかが弱気になれば、もう一人が慰めるか鼓舞する。取り決めた訳ではないが、お互いが補完し合うことで店が続けられた。言わば保護回路のようなものだった。

「あんなのは一時的なもんだ。美味いもの、珍しいものなんざ日替わりで出てくる。観ている方だっていちいち憶えてやしねえ。話のネタだからって来るヤツは、結局常連さんになってくれねえ。第一なあ、こんなにこってりしたラーメンを年がら年中食っているヤツはどのみち長生きできねえ。放っておいても常連さんは一人また一人といなくなるっていう寸法だ」

聡司は寂しそうに笑ってみせる。

「きっと、きちまったんだよ。潮時ってヤツが」

この笑みは前に一度見たことがある。健也が家を出る時に見せたものだ。

健也と同等かそれ以上に大切に育てたものと決別する時の笑み。そう思うと、廃業を翻させる気は立ち消えてしまった。

「そうだねえ」

自分でも驚くほど穏やかな声が出た。

「あんたは店の社長だものね。社長が決めたことに社員が文句言っても仕方ないもの。いいよ、店畳んでも」

すると聡司は少し驚いた様子だった。

「何だい。あたしの顔に何かついているのかい」

「いや、やけにあっさりしてると思ってよ」

「今まで散々引き延ばし引き延ばしでやってきたんだからさ。実際、よく続いたもんだよ。憶えてるかい。ここら辺一帯がラーメン激戦区なんて呼ばれていた時分には通りのこっち側と向こう側とで六軒ものラーメン屋がひしめき合ってた」

「ああ、昼も夜も客の奪い合いだったな。それが一軒消え、また一軒消え、結局最後まで生き残ったのは俺たちだけになっちまった」

「だからさ、あたしたちは別に負けた訳じゃないのよ。しのぎを削る相手がいなくなったから、土俵を下りるだけって話よ」

欺瞞(ぎまん)であるのは口にした郁子も自覚している。競争相手は歴然と存在している。〈ラーメン王国〉を擁するショッピングモールがそうだ。だが闘う相手としては巨大過ぎる。蟻が象に挑むようなものだ。そんなものを闘いとは呼ばない。

今ならまだわずかながらも貯えがある。贅沢さえしなければ、老いぼれ二人が余生を送るには充分だろう。

「それで父ちゃん、いつ店を畳むの」

「そうさなあ」

おそらく女房から即答されるとは予想していなかったのだろう。聡司は少々困惑顔で頭を掻く。

「店ェ開く時は簡単だったんだよな。この辺はまだ土地が安くて、居抜きだったから大した工事も要らなかった。食い物屋が少なかったから、広告なんぞ出さなくても看板一枚で客が寄ってきてくれた」

「始める時は簡単でも終わらせる時は面倒。何だってそうじゃない」

「違(ちげ)えねえ」

夜の部も相変わらず来店客が少なかったので、二人は閉店後、真剣に廃業手続きについて調べ始めた。

判明したのは店を一軒畳む手続きが予想以上に煩雑だったことだ。

まず所轄の保健所へ廃業届を提出し、飲食店営業許可書も返納しなければならない。

次に廃業日を解任日として防火管理者選任（解任）届出書を所轄の消防署に提出する。

更に税務上の処理もある。所轄税務署に個人事業の開業・廃業等届出書を提出し、都道府県税事務所へも廃業を届け出なければならない。

保険関係も忘れてはならない。雇用保険に加入していた場合には、雇用保険適用事業所廃止届と、雇用保険被保険者資格喪失届および雇用保険被保険者離職証明書を、所轄のハローワークへ廃業の翌日から十日以内に提出する決まりになっている。

「本当に、辞めるのにもひと苦労だな」

必要な手続きをノートに書き出している途中で、遂に聡司は音を上げた。

「つくづくお役所ってのはひでえところだな。こんなちっぽけなラーメン屋一軒、畳ませてもくれねえ」

「一度に全部済まそうとするからよ」

郁子は癇癪を起こしそうな亭主を宥めにかかる。こういうやり取りをしている間は自分もボケるような羽目にはなるまい。

「一日、一つずつ片づけていけばいいじゃない」

「しかしよ、役所は日曜休みだぞ」

「平日でもさ、仕込みの途中やちょっとした暇を見つけたらいいのよ。父ちゃんが手を離せない時には、あたしが代わりに行くしさ」

「そうだな。別に急ぐ必要もねえか」

各種書類の提出期限は廃業後の数週間以内と定められている。今日明日に廃業しなければならない訳でもないので、慌てず騒がず処理していこうと結論を出した。

ところが、そうは問屋が卸さなかった。

次の日曜日、いつもの通り午前十一時に店を開けた郁子は通りを眺めて仰天した。

客の行列ができている。しかも五人十人の騒ぎではなく、ざっと数えても三十人以上、咄嗟のことで最後尾まで数える暇もない。

今日は何かの催事でもあったのか、それとも突如ショッピングモールの地階が封鎖でもされているのか。

「いらっしゃいませ」

声を掛けると、先頭の客から店内に雪崩れ込み、カウンター席やテーブル席を埋め始めた。間違いない。信じ難いことだが彼らはれっきとした客だ。

「味噌ラーメン二人前」

「特撰チャーシュー、大盛り」

「俺、Aランチ」

「わたし、濃厚ゲンコツラーメン」

降って湧いたように注文が飛び交う。フロアにいるのが郁子一人であるのは見れば分かるはずなのだが、我先にと座った客たちは容赦ない。

「黄金味噌ラーメン」

「三種味噌の担々麺」

「さきがけ豚骨ラーメン、モヤシ抜きで」

「そっちよりこっちの方が先だぜ」

今まで寝ていたのを叩き起こされたようなもので、身体が脳からの命令に反応しきれない。それでも長年培われた勘を取り戻すには数分とかからず、次第に郁子は途切れなく注文を受けるようになる。

厨房の聡司も同じく最初は戸惑っていたものの、湯切りを扱う手は澱みがなくなり、次から次へと注文の品を上げる。

「味噌ラーメン二人前、上がったよ」

「特撰チャーシュー大盛り、上がったよっ」

「Aランチ、お待ちっ」

「濃厚ゲンコツラーメン、お待ちっ」

不思議なもので、すっかり錆び付いたと思い込んでいた身体や機転が繁忙とともに動き出す。脳の命令には関係なく、身体が勝手に反応しているのだ。

「黄金味噌ラーメン、お待ちいっ」

「三種味噌の担々麺、お待ちいっ」

「さきがけ豚骨ラーメン、モヤシ抜き、お待ちいっ」

身体が動き出すと舌も回り始める。郁子の注文取りも聡司の手際も往年の俊敏さを取り戻し、いっとき店には最盛期の賑わいが甦った。

夢じゃあるまいか。

もし夢ならしばらく醒めないでくれ。

結局三時のラストオーダーまで注文は途切れず、二人がひと息吐いたのは午後四時近くだった。

「何だったんだよ、あれは」

聡司の問い掛けは質問というよりも驚嘆のそれだ。驚いているのは郁子も同じなので「ホントにねえ」としか返せない。

「まるで嵐が通り過ぎていったみたい」

「店が一番忙しい時分はあんな風だったな。四時近くまで客が途切れず、夕方五時からもっと忙しくなる」

「そうそう。十一時近くまで開けていて、店を閉める時にはもうくたくた。遅い夕食を済ませて風呂に入った後は、二人とも死んだように寝入ったよねえ」

郁子は当時の忙しさを心地よい疲労とともに思い出す。健也が中高生の頃で一番カネのかかった時期、呼応するように商売が繁盛してくれた。健也が家を離れ、日々の仕事が負担になり始めた頃に客足が鈍り出した。そう考えてみれば、景気の良し悪しも郁子たちの都合に合わせてくれたような気もする。

「ねえ、父ちゃん。ひょっとしたらさ、ラーメンの神様がいるかもしれないね」

「何だよ、いきなり」

「ウチにカネが入り用の時は繁盛して、そろそろ身体にガタがきたらヒマになったでしょ。上手いことできてるよねえ」

「それがラーメンの神様の思し召しだってえのか」

「だってさ、あたしたち一生懸命働いたじゃないの。来る日も来る日も粉こねて、スープ煮出してさ。眠い目こすったり五十肩を無理やり動かしたりさ」

「どうしたんだよ、急に」

「この五十年、ひたすらラーメン作って、お客さんに提供し続けた。神様にしてみたら、こんなに熱心な信者はいないでしょ。だから最後の最後にご褒美として夢を見せてくれたんじゃないかと思って」

「あのクソ忙しいのがご褒美だって言うのかよ。人使いの荒い神様だな、おい」

聡司は満更でもなさそうに苦笑してみせる。

「確かに店を畳む決心をした直後にあの客の賑わいだからな。最後にひと花ってのも、そう悪かねえか」

「そうそう、こんなことは、もうこれっきりだと思うよ」

これが神様の見せてくれた少々慌しい夢なら、店を畳んだ後も穏やかでいられるに違いない。

郁子はそう考えて、己が思いついた神様に感謝を捧げる。

だが夢は午睡だけに留まらなかった。

午後五時に夜の部を始めると、何と昼の部以上に客が詰め掛けたのだ。

「おばちゃん、注文こっちこっち」

「わたしの頼んだ海鮮ラーメン、まだですか」

「追加、いいですか」

決して広い店ではないが、この歳で何度も店内を行き来すれば当然腰が悲鳴を上げる。次第に丼が重たく感じるようになるが客の前で粗相はできない。

これは少々慌しい夢などではない。

修羅場だ。

厨房では、最後にひと花などと嘯いていた聡司が険しい目つきで寸胴の前を行き来している。フロアが修羅場なら厨房も修羅場で、ひと息吐く間もない。

厨房に立ち込める蒸気と満席のフロアに充満する人いきれで息苦しささえ覚える。昼の部の延長戦どころか、むしろこちらが本戦だったのではないか。

「一番人気だよね。味噌ラーメンお願いします」

「こっちも味噌ラーメン」

「味噌ラーメン三人前」

聡司が最も力を入れているのが味噌ラーメンであるのは確かだが、今日は特に注文が偏っている。その偏りが何に由来するのかと訝しんだが、ゆっくり考える暇もなくただ時間が矢のように過ぎていく。

九時を回ったところで、いったん客の流れが途絶えた。厨房横の椅子に腰を下ろすと、肩にどっと疲れが落ちてきた。ちらと視線を移すと、聡司の方はずっと動きづめで目が虚ろになりかけている。ラストオーダーの十時まではあと一時間、何とか持ち堪えてくれと郁子は心中で祈る。

殺人的な忙しさの中でも客が常連なのか否かを見極めようとするのは接客業の性(さが)だ。ところが今日来た客の中に知った顔は数人しかいなかった。大部分が一見(いちげん)の客であり、どうして彼らが〈ラーメンいそべ〉に殺到したのか皆目見当もつかない。神様のお蔭と言ってしまえばそれまでだが、こうまで極端だと薄気味悪くもある。

十一時近くになり、ようやく最後の客が席を立った。レジで会計をしている間、郁子は溜まりに溜まっていた疑問をこの男性客にぶつけることに決めた。

「毎度ありがとうございました。ところでお兄さん、教えてほしいんですけど」

「はい、何でしょう」

「ウチの店、初めてですよね。どなたかの紹介でしょうか」

「あれっ。お店の人なのに知らなかったんですか」

「知らないも何も、急にお客さんが増えたんでびっくりしているところです」

「SNSとか見てませんか」

「NHKなら見てますけど」

「えっと、これですよ」

男性客は自分のスマートフォンを取り出し、何度か表示部分を指で叩く。現れたのは、見慣れた味噌ラーメンの画像だった。

『〈ラーメンいそべ〉の味噌ラーメン最高っ。ブタの背ガラとゲンコツがとんでもなく濃厚なのに後味すっきり。これ、何杯でもイケちゃう。画像から溢れんばかりのコッテリ感が伝わればいいんだけど』

『店はお年寄り夫婦二人で切り盛りしているんです。昭和から続いている老舗だけど、いい雰囲気』

『ところが近所のショッピングモールに〈ラーメン王国〉ができてから旗色が悪くなったんです。今日の書き入れ時も客は片手で数える程度』

『とうとう店主は廃業を決めたみたいです。でもこの味噌ラーメンは〈ラーメンいそべ〉でしか味わえないし、そもそも大資本がカネにあかせて作り上げた客寄せ目的のテーマパークにどれだけの価値があるのかツイ主にはよく分かりません』

『多分、これと似た風景は日本全国で見かける風景なのでしょう。資金力にモノを言わせた大企業の進出によって、下町の三ツ星レストランが消えていく。経済的には当然なのかもしれません。でも納得できないラーメン好きがここに一人います』

『せめて店の看板が下ろされるまで、ここに通い詰めようと思います。あなたは味噌ラーメン、好きですか？』

「この投稿に大勢のラーメンマニアやそれ以外の人が反応したんです。かく言う俺もその一人なんですけどね」

　男性客は更にスマートフォンを操作し、先の投稿に対する反応を見せてくれた。

『この店、知ってます！　味噌ラーメンが絶品なんです。でも廃業しちゃうのかあ』

『廃業する前に行ってみるべ』

『〈ラーメン王国〉、確かに有名店揃いなんだけど、テナント料か何か上乗せしているせいで本店より高いんだよな……』

『店舗の場所、教えてください。絶対行きます』

『ググれ』

『〈ラーメンいそべ〉、引っ越しする前は常連だったんだよな……。いかん。思い出しただけでヨダレが』

リツイートと言うものらしいが全部で十万を超えており、見ているうちにも数字が更新されていく。

「こんな風にバズったら、投稿主は自分の宣伝をしていい決まりなんですけど、この人は一切そういうのをしてないんで、余計に好感を持たれているんです」

「何という人なんですか」

「アカウント名は〈市民調査室〉ですけど、年齢も性別も不明。ただし、ひたすら誠実なのは文面からでも分かりますよね」

閉店後、男性客から聞いた話を伝えると、聡司は戸惑いを見せた。

「その〈市民調査室〉とかいう見知らぬ人のお蔭で客が殺到したってか。有難い話だが、今日びの口コミの力は昔の比じゃねえな」

「こういうのをバズるって言うんだってさ」

「バズる、か。もう日本語か外国語かも分からねえ」

「あまり嬉しくなさそうね」

「降って湧いたような人気は、あっという間に消えちまうものだからな。気が遠くなるような忙しさだったが、やっぱり一夜の夢なんだ」

　聡司は眉根を寄せて何やら思案の様子だ。

「嬉しくないどころか、気に食わないみたいねえ」

「気に食わないのは当たり前だろ。第一、ウチが廃業することを、そいつはどうやって知ったんだ。店ェ畳む話は俺とお前が内輪でしただけで、役所にも不動産屋にも喋ってないんだぞ」

2

　ガラスシャーレを分断するように、白い粉で直線を描く。ハリウッド映画ではテーブルの上に直接盛るのだが、実際に試してみると後の掃除が面倒なので現在はこのやり方に落ち着いている。

　照屋（てるや）一心（いっしん）は短く切ったストローの先端を粉の先頭に当て、線に沿って吸っていく。粉の量は三ミリグラム。文字通り吹けば飛ぶような量だが、体内に摂取するととんでもない存在感を示す。

ヘロインのヘビーユーザーたちはもっぱら静脈注射らしいが、照屋はまだそこまでの覚悟ができていない。

しばらくソファに座っているとじわりと効き目が現れてきた。五感ははっきりしているのに寝入りばなのような快感が意識を朦朧とさせる。本日使用のヘロインは純度八十パーセント。然したる不満はないが、いつかは純度百パーセントという上物を試してみたい。

やがて心地よい気怠さが照屋から不安を消し去ってくれる。現状への危機感、新たな仕事に対するプレッシャー、煩わしい人間関係など一切合財が宙空に掻き消えてゆく。

ヘロインの効果は存外に短い。今の照屋で保って六時間といったところか。本音を言えば六時間後にもう一度キメたいところだが、依存症への恐怖心が彼を押し留めている。

照屋も馬鹿ではないのでヘロイン常習の危うさを承知している。摂取を繰り返せば精神的依存が形成され、同時に身体的依存も強くなる。依存症は禁断症状を引き起こし、二、三時間ごとに摂取しなければ筋肉に激痛が走り、関節が悲鳴を上げ始める。それ以外にも悪寒、嘔吐、失神などが襲いかかり、あまりの苦痛に精神異常を来たす場合さえあると言う。

想像するのも嫌な状況だが、かと言って今更クスリを手放した生活は考えられない。ヘロインの救済がなければ、自分の精神は三日と保たないだろう。だから深みに嵌る一歩手前で留まっていればいいだけの話だ。

そもそもヘロインの何が悪いのか。体力に不安があれば滋養強壮剤を、眠れない時には睡眠導入剤を服用するだろう。不安を紛らせるためにヘロインを吸入するのと、どれほどの違いがあるのか。全ては法律が勝手に線引きをしているだけではないか。

法律への講釈を考えている間も陶酔感は続く。不安も憎悪も執着心も彼方のものとなり、照屋は深い安堵に心身を沈める。

まだ行ったことはないが、桃源郷というのはきっとこういう気分を味わえる場所に違いない。平和で、満ち足りて、心を全て放てるところだ。

ただし効能は六時間しかない。照屋は一分一秒を惜しんで陶酔感に浸りたかったが、混濁した意識は時間感覚を狂わせているため、過ごしている時間が長いのか短いのかも把握できずにいた。

翌朝は七時から収録があり、現場には三分遅れで何とか到着できた。

「おはようございます」

先着していたマネージャーの仙田美馬（せんだみま）が慌てて駆け寄ってくる。

「遅れてごめん、仙田さん」

「あと二分経って現れなかったら電話しようと思っていた。早く着替えてきて。監督以下スタッフ一同がお待ちかねよ」

更衣用テントに飛び込んだ照屋は素早く衣装を着替える。アイドルとして活動していた頃から場所の移動が多かったので、早着替えには自信がある。むしろ気を付けなければならないのは体臭だ。急いでいてもなるべく汗は掻かないに限る。

一っちゃんの汗、何だか臭うよ。

事後、セフレの一人から告げられたひと言が未だに引っ掛かっている。薬物常習者の汗は異臭がすると言われているからだ。照屋自身も調べてみたが、ヘロイン常習者の体臭について詳述した書籍にはついぞ巡り合えなかった。だが本に載っていないからといって完全否定できるものではない。もしヘロイン常習者特有の体臭が存在しているのなら、人前ではなるべく汗を掻かないようにしなければならない。

現場では宮藤監督とスタッフ、シーン5に登場するキャストたちが照屋を待っていた。

「すみませんでしたあっ」

「いいよいいよ。じゃあ早速リハいってみようか」

監督がさほど怒っていない様子なので、照屋は安堵する。自分にとっては初の主役だ。遅刻ごときで監督やスタッフたちの機嫌を損ねたくない。

「カメラテストいきまーす。1カメと2カメ用意――」

カメラの前に立った瞬間、照屋に役が憑依する。スタッフたちの間から声にならない溜息が漏れる。

照屋はアイドルグループの一人として芸能界デビューを果たした。力のあるプロダクションだったので、数年でスターダムへと駆け上がった。リリースする曲は常にオリコンチャートを賑わせ、バラエティー番組でもひっぱりだこになった。傍目にはまさに我が世の春を謳歌しているように映っていたことだろう。

だが照屋本人は気づいていた。二十代の人気がいつまでも続くとは考えづらい。四十の声を聞く頃になれば仕事を選ぶ側から選ばれる側に堕ちるかもしれない。そもそも売れているのはグループであり、照屋個人にどれだけの人気があるのかは甚だ心許ない。歌にも踊りにも興味が薄く、興味が薄いからなかなか上達もしない。ファンの間でも照屋の歌唱力とダンスセンスのなさは公然の秘密だった。

そんな照屋が唯一誇れるのが演技力だった。テレビドラマで端役を演じた時、『アイドル照屋一心に役が憑依している』と各媒体から高評価を得たのだ。自分には誇れるほどの個性もないので役に入り込もうとしたのが功を奏したらしい。

以来、活躍の場を歌番組やバラエティーからドラマや舞台へと移した。マネージャーの仙田も手応えを感じたらしく、照屋の路線転向に賛同してくれた。

自ずとユニットでの活動から足が遠のく結果となり、公にはなっていないものの照屋はグループからの脱退と事務所の退所を迫られている。遅くとも年内中に結論を出せとのお達しだ。

そこに照屋一心主演映画のオファーが舞い込んできた。脚本は早くもベテランの域に入った六車圭輔、メガホンを取るのは進境著しい俊英宮藤映一監督と現在の日本映画では最も期待されるコンビだ。

試金石どころではない。これは照屋一心が俳優として飛躍できるか否かの勝負作ではないか。

宮藤監督との最初の打ち合わせから、照屋はこの仕事だけに全精力を集中してきた。初の主演映画で評価されるか十億以上の興収を上げれば、照屋一心はアイドルグループの一員ではなく俳優として認知されるはずだ。従って、この映画で失敗は絶対に許されない。

「じゃあ、本番いってみましょう。よーい、スタート」

アイドルと持て囃された自分が主役に抜擢されたことで、逆風が吹いているのは日々肌で感じている。スタッフにもキャストにも、照屋の存在を疎ましく思っている人間が何人かいるのだ。事務所の強引なプッシュと陰口を叩く者もいれば、アイドル人気を利用したキャリア作りと揶揄する者もいる。

「カット。ＯＫです」

彼らを黙らせるには自分の実力を見てもらうしかない。少なくとも歌や踊りよりも演技に賭けている照屋一心を見てもらうしかない。

「いいですね、一発ＯＫ。この勢いで続けてシーン6にいっちゃいましょう」

カチンコの音とともに役になりきるには、いったん別人格になる必要がある。求められるのは洞察力と集中力で、一日の撮影が終わる頃には精神も肉体も疲労困憊となる。緊張が途切れず、眠れない日もある。

照屋がヘロインを手放せない理由がこれだった。依存度が高まる危険を知って尚、クスリをやめられない。やめた途端に集中力が乱れ、演技が破綻することを何よりも怖れている。

「はい、カット。シーン6もＯＫです」

二つのシーンを撮り終えると、キャストの一人が申し出て小休止となった。照屋は用意された携帯用の椅子に座り、全身を弛緩させた。

「すごいじゃない」

仙田が飲み物を持ってやってきた。

「二つのシーン、一発ＯＫ。宮藤監督が感心してたわよ」

「まだまだだよ。こんなものじゃない」

照屋は差し出されたものをひと口呷ると、宮藤の方を見た。

「宮藤監督に感心されるだけじゃ足りない。次も、その次も主演で使おうと思ってもらわなきゃ意味がない」

「貪欲なのは結構だけれど」

仙田は気遣わしげにこちらを見下ろす。野心はあっても決して担当するタレントを酷使させない、バランスの取れたマネージャーの視線だった。

「時々、あなたは体力や精神力の限界を超えるまで頑張ろうとするから心配になる。無理はいいけど無茶はダメ」

分かっている。だからこそ限界を突破するために、クスリの力に頼っているのだ。

「休憩、終わりますー。香盤表に変更がありますので、シーン7のキャストの人たちは集まってください」

その夜、照屋は宿泊しているホテルにセフレの一人を呼びつけた。撮影に集中するために徹底的に性欲を処理したかったのだ。この行為は仙田も渋々ながら認めており、敢えて注意もしない。

　事が終わると、照屋はそそくさとベッドから下り浴室へと向かう。

「ちょっと一っちゃん」

　女の声は不満たらたらだった。

「いくら何でも情緒がないじゃん。ヤったらすぐシャワーとかさ。ピロートークって知らないの」

　何がピロートークだと照屋は内心で毒づく。汗の臭いを嗅がれたくないので一刻も早くシャワーを浴びるのだ。そもそも性欲処理のためだけに呼んだ女に、どんなピロートークがあるというのか。

「明日も撮影があるんだ。女の臭い残したまま現場に行けるかよ」

　シャワーで入念に汗を洗い流し、全身に消臭スプレーを噴霧する。

　ベッドに戻ると、女はまだ不満顔をしていた。

「何だ、まだいたのか」

「いちゃ悪いの」

「映画がクランクインして俺が撮影現場に通っているのは、マスコミ連中はみんな知っている。このホテルに泊まっていることを嗅ぎつけている記者がいるかもしれない。女が出入りしているのを知られたらどうなると思ってるんだ」

「一っちゃん、妻帯者でも何でもないじゃんか。不倫とかならまだしも」

「イメージっつうモンがあるだろ」

「あー、はいはい。取りあえず照屋一心はまだアイドルだものねえ」

「取りあえずとか言うな。ほら、もう着替えて帰れよ」

我ながらぞんざいな扱いをしていると思ったが、頭を占めているのは早く彼女を追い出してヘロインを吸入したいという欲望だけだ。

「最低」

女は着替えを済ませると、さっさと部屋を出ていった。なるほど照屋への印象は最低だろうが、ぐちぐちと居残られる最悪よりはずっとましだ。

ドアの施錠を確認すると、照屋は室内の金庫に隠していたヘロインを取り出した。もう居ても立っても居られない。ガラスシャーレを持つ手ももどかしく、粉を線状に引くと一気に吸引した。

吸ってしまった直後に後悔の念が押し寄せる。

撮影現場で集中力を途切れさせないため。不安を紛らせるため。プレッシャーを忘れるため。全てはヘロイン吸入を正当化するための方便に過ぎない。自分は急速に常習者への道を進んでいる。いつ発覚するか分からないというスリルが薬物摂取のアクセントになっている事実も否定できない。

その後悔も意識の混濁とともに掻き消されていく。衝動と後悔、欲望と自制心。二つの相反する感情を行き来するのが照屋の日常となっている。穿った見方をすれば、その相克こそが照屋の演技力に幅を持たせているのかもしれなかった。

果てしなく意識が拡散していく中で、いつしか照屋は泣いていた。

翌朝、枕元に置いたスマートフォンが照屋を叩き起こした。

「おはようございます、仙田さん。でも少し早過ぎませんか」

寝ぼけまなこで時間を確認する。

「まだ朝の五時ですよ」

「その調子だと、まだ見てないのね」

仙田の声はかつてないほど刺々しかった。

「あなたの名前で検索かけてみなさい。ツイートのトレンド、上位を占めているから」

さては撮影中の姿を盗撮でもされたのか。その程度の情報漏洩なら却って宣伝になる。

だがネットを覗いた照屋は、そこに並ぶ文字を見て仰天した。

『照屋一心　常習者』

『一心　ヤク中』

『照屋　薬物疑惑』

途端に腋の下から嫌な汗が流れ出した。

「これ、どういうことなのか説明して」

「ちょ、ちょっと待ってください。すぐに折り返しますから」

「そっちに向かうから」

仙田との会話を打ち切って一件ずつツイートを閲覧してみる。

『えっ……ウソだろ。照屋一心』

『ウソウソウソウソウソと言ってくれ』

『薬物乱用か。痛いな。不倫よりも痛いぞ、これ』

『確か撮影中のはずだぞ。さっそくおクラ入りかよ』

『これ、未確認情報ですよね。まず本人の弁明を聞かないと。決めつけはよくないよ』

どうやらネットニュースの類ではなく、誰かの投稿に対して大勢が反応しているらしい。元ツイートを探ると、投稿者は即座に判明した。

『今やアイドルというより、すっかり芝居づいた照屋一心さんだけど。ツイ主は心配しています。彼が麻薬の常習者だという事実が映画の公開に支障を来たすんじゃないかと』

『ただの噂ならいいんですが、彼が演技している時の目を一度よくご覧ください。あれは麻薬常習者特有の目つきです。ツイ主の知り合いに麻薬捜査官がいるんですが、ほぼ間違いないって。知っている人が見れば一目瞭然なんですよ』

『きっと照屋一心さんも関係者の皆さんに迷惑かかるのは充分承知しているのだと思います。でも薬物依存は立派な病気です。早く誰かが止めてあげないと』

『事務所の人でも同じグループの人でも構いません。早く照屋さんを止めてください』

クソッタレめ。

照屋は持っていたスマートフォンを思わず床に叩きつけた。

何が『止めてください』だ。お為（ため）ごかしに書いてはいるが、結局は芸能マスコミのようにスキャンダルを面白おかしく書き立てているだけではないか。

問題はこれが根も葉もないガセではなく、誰にも知られていないはずの事実である点だ。いったいこの投稿者はどこからクスリの話を聞きつけたのだろう。全くの憶測や嫌がらせにしても、今まで照屋の周辺には薬物のヤの字も出なかった。自分と結びつけたとしても偶然が過ぎる。

その時、ドアをノックする者がいた。おそらく慌てふためいた仙田に違いない。

「すぐ開ける」

ロックを外した途端、跳ね飛ぶような勢いでドアが開けられた。闖入（ちんにゅう）してきたのは仙田ではなく数人の男たちだった。

「麻取（マトリ）のガサだ」

中の一人が照屋の肩を摑み、残りの者は部屋の四方に散らばる。

「関東信越厚生局の者だ」

眼前に突き出された身分証には『麻薬取締部　七尾究一郎（ななおきゅういちろう）』とある。

「照屋一心だな」

突然のことに照屋は頷くだけで声も出ない。

「あなたにヘロインの所持および使用の容疑が掛かっている。協力してもらうよ。鶴巻（つるまき）、頼む」

鶴巻と呼ばれた男がデバイスとスポイトを片手に近寄ってくる。何度もネットで見たので照屋も知っている。薬物検査キットの道具で唾液や尿の採取に使用されるツールだ。

普段の照屋なら機転も利かせられただろうが、起き抜けで、しかも自身の薬物疑惑の拡散ぶりを目撃した直後なので判断力が麻痺していた。訳も分からぬまま唾液と尿を採取され、その場で簡易鑑定にかけられた。

「七尾、あったぞ」

体格のいい男がヘロインの入ったパケを意気揚々と掲げる。どうやら金庫の番号を事前に調べていたらしい。

「簡易鑑定の結果も出た。きっちり陽性反応」

「そうか。聞いての通りだ、照屋一心。麻薬及び向精神薬取締法違反の容疑で逮捕する」

一連の流れはまるで三文脚本家の書いた、出来の悪い一シーンのように思えた。

そのまま最寄りの警察署の留置場に放り込まれ、取り調べを受けた。しらばっくれようにも体内から陽性反応が、金庫内からヘロインの現物が出てきたのでは否定のしようもない。

仙田が顧問弁護士を伴って面会に来たのは取り調べが終わってからだった。

「もう全部喋っちゃったの。それじゃあ折角先生を連れてきた意味がないじゃない」

「何しろいきなりだったんでクスリを隠すヒマもなかった。撮影はどうなっている」

「主演俳優が逮捕されて撮影もへったくれもないわよ。急遽わたしと部長がプロデューサーに呼ばれて対策会議。現状決まったのは撮影の中断とマスコミ対策。あなたの容疑がクロとなるまでは、事務所も製作委員会もお詫び文一本出して様子見のはず、だったんだけど」

自白してしまったのでは様子見も意味がない。

「宮藤監督も呼ばれていてね。あなたの演技を買ってくれていただけに残念そうだった」

「これからどうなる」

「あなたが事務所の秘蔵っ子だったら、保釈金を積んで出してやるんでしょうけど、前々から退所を迫っていたタレントにそこまで温情をかけるかどうか」

「映画は。映画はどうなる」

「いくら監督がやる気でも製作委員会やプロデューサーの腰が引けたらお終いよ。幸か不幸か撮影はクランクインしたばかりだから、中止にしても損害は最小限で済む。それより何より今日び、薬物使用で逮捕されたタレントを主演に据えた映画を公開できるかという話。わたしも残念だけど、今回は諦めるより仕方がない」

やはりそうなるのか。

照屋自身も予想していたことだが他人に指摘されるまでは淡い期待に浸っていたかった。

「悪かったな、仙田さん。あんたのキャリアに傷をつけちまった」

「わたしのことより自分のことを考えて」

「へっ」

「いずれ裁判が開かれて、あなたには判決が言い渡される。執行猶予がつくかどうかは、ここにいる先生の頑張り次第だけど、どちらにしても長期刑や死刑になる訳じゃない」

「物騒だな」

「あなたならいくらでもやり直しが利く。クスリ絡みのスキャンダルに塗れても再起した人は沢山いる」

「無責任なことを言うなよ」

「出所した後も、ずっとわたしがマネージメントする。それでも無責任だって言うの」

仙田の言葉に唐突に泣きたくなったが、何とか堪えた。

「それにしても誰に刺されたのかが分からない。いつも一緒にいる仙田さんだって気づかなかっただろ」

「それに関しては妙な話を耳にしました」

今まで沈黙していた顧問弁護士が初めて口を開いた。

「SNSで炎上する以前に麻薬取締部では照屋一心さんをマークしていたはずです。何らかの確証がなければガサ入れなんかしない連中ですからね。それが強制捜査に踏み込んだのはネットで話が広がったので、やむなくといった経緯だったそうです」

「結局は例の投稿が火付け役だったんですね」

「だからこそ不可解なのですよ。麻薬取締部が機密にしていた情報を、どういう経路で一般人が入手したのか」

「投稿者はどんなヤツなんですか」

「アカウント名が〈市民調査室〉。今はそれしか分かりません」

弁護士は力なく首を横に振った。

「ネットでは結構名の知れた人物らしいですな。インフルエンサーとか言うらしいですが、〈市民調査室〉なる人物は真っ当な意見の持ち主且つ情報も正確なので、一定の信頼を置かれているようです」

ネットのツイートを閲覧する限り、照屋一心の冤罪よりも〈市民調査室〉のツイートを信じる者の方が多かった。現実世界はともかくとして、ネット社会では自分よりも〈市民調査室〉が信じられたのだ。

そう考えた途端、全身から力が抜けた。この数年、芝居に賭けてきた自分の努力や執念は徒労に過ぎなかったのだろうか。

「仙田さんは〈市民調査室〉のツイート、読んだのか」

「読んだ」

「どう思う。そいつは本当に真っ当な意見の持ち主だと思うか」

「真っ当なことを喋っているからといって、喋っている本人が真っ当だとは限らない。そんな例は、あなたも腐るほど見てきたでしょう」

「俺のことより仙田さんの印象を聞きたい」

「一見すると照屋一心の身を慮(おもんぱか)っているように思えるけど、違うわね」

仙田の目は据わっていた。

「あれは偽善者の文章よ」

3

「偽善者の匂いがぷんぷん漂ってくる文章だな」

ネットを眺めていた延藤慧司(えんどうけいじ)は思わず独り言を口にする。誰に聞かせるつもりもなかったが、隣に座っていた西條久水(さいじょうひさみ)が聞き咎めた。

「誰が偽善者ですって」

問われたら答えない訳にはいかず、延藤は目の前に置いたパソコンの画面を指す。そこには『#照屋一心』とハッシュタグが付けられたＴＬ(タイムライン)が表示されていた。画面を覗き込んだ西條は合点がいったという顔で頷く。

「ネットに噂が流れると同時に照屋のヤサを麻取が急襲したアレでしょ。数分差で先を越されたって組対が地団駄踏んだ話」

「実際は数分どころの差じゃない。麻取の方は内偵もすっかり済んでいて後は踏み込むばかりだったらしいから、実際には数日の差で致命的だ」

西條は苦笑して肩を竦めてみせる。組対にしてみれば失態だが、延藤たちサイバー犯罪対策課には高見の見物でしかない。組対に限らず刑事事件のほとんどは何らかのかたちでサイバー犯罪と関わっているため、自ずと他の部署の情報がこちらに洩れてくる。就業時間中にネットを眺めていれば怠業を指摘されそうだが、延藤たちには業務の一つだ。

「延藤さん、気になるんですか。その〈市民調査室〉とかいう人物」

「気にならんはずがないだろう。照屋一心の件は組対も麻取も極秘裏に動いていた。芸能マスコミさえ寝耳に水のネタだった。どうして一般市民が嗅ぎつけることができる」

「ただの推測や中傷だった可能性はありますよね。有名人にはアンチが一定数存在しますから」

「書き方が断定的で、ただの推測とは異なる印象がある。だから照屋一心の冤罪説より〈市民調査室〉の言説を信じる者の方が圧倒的に多い」

「よく当たる占い師のトリックみたいなものじゃないですか。予言が的中することで有名な占い師も実際には外れる予言の方が多い。だけど的中した予言が目立つものだから、大した占い師だと錯覚してしまう」

「これまでの発言内容をざっと見てみたが、情報は正確なんだ。暴露系という訳でもなく、一種のグルメ情報も発信しているからインフルエンサーとしての地位を確立している。個人経営のラーメン屋までカバーしていて好印象を持たれてもいる」

「でも延藤さんは好印象どころか偽善の匂いを嗅ぎ取っているんですね」

「照屋一心への言及はお為ごかしの感が強いな。具体的な文章を指摘できる訳じゃないが、全体から冷笑しているような印象を受ける」

「気のせいじゃありませんか」

「情報が正確な一般市民に違和感を覚えるのさ」

延藤はやや言葉を濁らせる。確証のない疑念を口にするのは気が引ける。延藤の立場なら尚更だった。

「最近では〈市民調査室〉は単なるインフルエンサーに留まらず、フォロワーたちの悩み相談まで受け付けている。嫁と姑の間に立たされた旦那や家出娘の相談に快く回答している。嫌味がなく懇切丁寧な回答をするから、余計に信頼されている」

「話を聞く限りでは良心的なインフルエンサーにしか思えませんけどね」

表面上はその通りなので肯定せざるを得ない。だがサイバー犯罪対策課に身を置いてからというもの、ネットの悪意を目の当たりにし続けてきた延藤にはＳＮＳでやり取りされる『良心』とやらが胡散臭くてならない。顔が見えず素性も分からないアカウントに全幅の信頼を寄せるフォロワーたちを危(あや)うく思う。

殊にここ最近の〈市民調査室〉はフォロワーとの対話を盛んにしているようだ。ツイートを眺めると、その傾向が顕著であるのが窺える。

『〈市民調査室〉さん。最近、十五歳の娘との会話が少なくなり、少し不安に思っています。今まではわたしにべったりしたりして離れようとしなかったのに』

『〈希美ハハ〉さん、おはようございます。子供が親と距離を取ろうとする時期は必ずあります。無理に接触しようとしても反発されるだけではないでしょうか。ほうっておけば、また娘さんの方から話しかけてくるようになりますよ』

『〈市民調査室〉さん。好きなアーティストのライブがあるのに、転売ヤーが買い占めるためにわたしのお小遣いでは買えなくなりました。地方でチケットを買えない人たちのために転売は必要だと転売ヤーは主張します。やっぱり無理をしてでも転売ヤーから買わないといけませんか』

『〈りょーこ〉さん、こんにちは。転売ヤーの主張はただの屁理屈で、自分の行為がやましいのを知っているから自己弁護しているだけです。需要があるから反社会的な仕事も成立するというのはヤクザの理屈ですね』

『チケット代が高騰して、本当にライブに行きたいファンに行き渡らない実状をファンクラブに直訴してはいかがでしょうか』

言い方も論旨も真っ当で、偏ってもいない。それでいて質問者が満足するであろう回答をちゃんと心得ている。ニュースを発信する側に回れば〈ラーメンいそべ〉の例を持ち出すまでもなく、食レポまでこなす。

「性別を明らかにしていないのも、フォロワーが多い理由の一つだろうな」

「SNSで性別を隠したり偽ったりするなんて普通じゃないですか」

「そうだ。それを含めて瑕疵や偏向がほぼ見当たらないから、却って照屋一心とその周辺を気遣うようなコメントが尚更鼻につく」

「考え過ぎじゃないですか。第一、その〈市民調査室〉は何の犯罪とも関わっていないでしょう」

「今関わっていないとして、将来もそうだとは限らないだろう」

一度疑念を口にした手前、延藤は引っ込みがつかなくなる。無論、〈市民調査室〉に胡散臭さが纏（まと）わりついているのは本当だ。

「それより聞きましたか、延藤さん。サイバー警察局の件」

「ああ、聞いた」

二〇二二年に成立予定の改正警察法に基づき、警察庁はサイバー犯罪対策の強化を目的としたサイバー警察局と重大事件の捜査を担当するサイバー特別捜査隊の発足を計画している。サイバー警察局は警察庁直轄の約二百四十人体制の大所帯で、諸外国の捜査機関と連携しつつコンピューターウイルスの解析などにあたる。サイバー特別捜査隊は警察庁指揮下の関東管区警察局に設置され、重要インフラへのサイバー攻撃や世界的な犯罪グループが関与するサイバー事件を担当する見込みだ。

組織の概要を聞く限り、捜査範囲は国内に留まらない。いきおい捜査権の拡充とともに権限も大きくなることが予想される。警視庁は単なる地方警察であり、そのいち部署であるサイバー犯罪対策課よりも警察庁のサイバー警察局やサイバー特別捜査隊の方が格上の印象がある。いや印象だけでなく、昇進や待遇を考えればやはり有利になるだろう。

延藤が小耳に挟んだのは、自分が新組織発足に伴い選抜メンバーの候補に入ったという噂だ。初代メンバーには各関連部署の中でも選り抜きの人材を登用するとみて間違いない。現に延藤と同じフロアにいる同僚の中にも、噂を聞きそわそわしている者がいるくらいだ。

「延藤さんも転属希望組なんですか」

「特に希望はしていない。行けと言われれば行く。公務員は辞令に従うまでだ」

「それはそうでしょうけど」

西條は含みのある言い方をする。おそらく西條自身が警察庁への転属を視野に入れているからだろう。目立つ存在ではないが、人一倍上昇志向を持っていると延藤は踏んでいる。

正直、転属に興味がない訳ではない。捜査範囲や権限が拡大すれば、国際犯罪組織を検挙するのも夢物語ではなくなる。事と次第によってはＦＢＩやスコットランドヤード（ロンドン警視庁）との合同捜査というケースも出てくるだろう。刑事捜査員として胸が躍らないと言えば嘘になる。

「まだ発足もしていない組織の趨勢より、足元の事件を追うのが先決だろう」

「延藤さんにとって、足元の事件は〈市民調査室〉ですか。しかし〈市民調査室〉は現時点で犯罪者でも容疑者でもありませんよ」

「親切で信用の置ける他人、話術に長け聴衆を魅了する好人物、笑顔しか見せない人間。歴史に名を残す悪党は大抵そういう登場の仕方をしている」

「それ、偏見ですよ」

「俺の偏見で終われば万々歳だ」

未来の犯罪者になり得るかどうかはともかく、しばらくは〈市民調査室〉の動きを監視しようと考えた。西條に告げたように、空振りに終わればそれに越したことはない。

照屋一心の逮捕劇が〈市民調査室〉への信頼度を高めたのは否定できない。何しろ麻取のガサ入れ直前にＳＮＳで疑惑が拡散されたのだ。無論、偶然の一致なのだろうがタイミングの良さが〈市民調査室〉の調査能力に対する評価をもたらした。

『改めてすげえタイミングだよな。もう〈市民調査室〉って現代の予言者じゃん』

『きっと全方向にアンテナを張り巡らせてるんだろうな。純粋に尊敬するわ』

『警察からスカウトされたりして』

『照屋一心も、〈市民調査室〉の説得に耳を傾ければよかったんだよ』

『いや、傾けても手遅れだったんじゃねえの？』

『しっかし芸能ネタまで網羅してるって、いったい〈市民調査室〉さんはいつ寝ているんだろうか。これからの活躍を願って、体を大切にしてほしい』

ラーメン屋の栄枯盛衰と異なり、人気アイドルグループに関連したツイートだっただけに、その余波も派手で大きい。余波はそのまま発信者の発言力を高める。今や〈市民調査室〉は単なるインフルエンサーから更に高次の何かに変貌しようとしていた。

ところが延藤が監視を始めてから二カ月、〈市民調査室〉の発信内容が少しずつ軌道を変え始めた。

『先日、用事があって日生大学に出かけました。そこで中台理事長の乗る車を見かけて疑問に思いました。日生大学って巨額の不正経理発覚で問題になったばかりじゃないですか。ところが理事長の乗っていたのはベンツのマイバッハだったんですよ』

『確か諸経費込みで三千万円は下らない高級外車です。それもピッカピカの新車。不正経理の後始末で大学運営が危機的状況に陥っている最中、最高責任者であるはずの中台理事長何故にベンツのマイバッハ。あんな車、脱税でもしない限り買えませんって。ひょっとしたら理事長……』

俎上に載せられた理事長というのは古のヤクザ映画に出てきそうな悪人顔をしており、「脱税」や「高級外車」という単語が枕詞のようにしっくりくる人物だった。不正経理事件がまだ記憶に新しいことも手伝って、このツイートは瞬く間に拡散された。

『マイバッハなんかに乗ってんの？　マイバッハって確か厳しい審査基準があって、ちょっとやそっとの成金には売ってくれないぞ』

『個人なら年収十億単位で継続しないと通らないレベルの審査基準。それをクリアし続けている時点で中台はアウトだろ』

『運転手つきの高級外車であのツラ。まんまヤクザじゃん』

『これは再び東京地検特捜部の出番だな』

『ウチの息子が日生大に通ってたんだが、あそこはとんでもない伏魔殿らしい。理事会は中台のイエスマンばかり揃っていて、逆らったら後でどんな報復を受けるか分からない』

『わたしの夫、日生大の非常勤講師だったんだけど、理事長に90度のお辞儀をしなかったという理由で解雇された。北の将軍様かよ』

燎原（りょうげん）の火のように拡散されていくリツイートを眺めていた延藤は正直驚いていた。先の不正経理事件で、既に東京地検特捜部が徹底的に捜査している。当然理事長をはじめとした大学関係者の支出についても調べ上げており、仮に中台理事長が脱税していたとして見逃すはずがない。

　理事長の脱税疑惑が取り沙汰されると、不正経理事件で散々世間から叩かれていた大学側は公式ツイッターにて反論を試みた。

『大学関係者の不正行為が噂されているようですが、先の事件以降、本学は襟を正して改革に邁進しております。決してそのような事実はないことを明言します』

　彼らにしてみれば痛い腹の中を掻き回された直後に後頭部を殴られたようなものだ。反論したい気持ちも理解できなくはないが、如何せんネット民は非情と無責任で出来ている。

『この慌てっぷりたらない』

『単なる噂だったら無視すりゃいいのに』

『無視できないんだよ。心当たりがあり過ぎて』

『推定有罪』

　延藤は気になって捜査二課の人間に尋ねてみた。不正経理事件を捜査した当事者ではないにしろ、理事長の脱税が疑われているのであれば二課にも何らかの情報が入っているはずだった。

「ありゃあガセだよ」

二課の男は言下に切り捨てた。

「東京地検特捜部のエグさは知っているだろ。あの人たちの通った後にはペンペン草も生えない。中台理事長の財布どころか一族郎党のポケットの中まで丸裸にされている。領収書一枚だって見逃さないさ」

「しかし未だに高級外車に乗っているらしいじゃないか」

「ベンツのマイバッハだろ。ありゃあ型落ちの中古車だよ。しかも娘婿名義。国産車で送り迎えされるのは沽券に関わるとかで、義理の息子からレンタルされてる代物だよ」

だが事実が公表される気配はなく、一敗地に塗れた者にはどれだけ泥を被せても構わないとばかり、ネット上で理事長を罵倒する声が絶える日はなかった。

幼稚な正義ほど手に負えないものはない。特定が得意なフォロワーの一人が中台理事長の娘のアカウントを発見し、世界中に晒したのだ。

彼女は日々の生活をインスタグラムに上げるだけだったが、多少洒落たレストランでのひとコマをアップすると、雲霞のごとく批判的なコメントが集ってきた。

『親の脱税で得たカネで食うメシは、さぞかし美味かろう』

『これ、代官山の有名イタリアン。コメント欄にレストランのリンク貼り付けておきます』

『こういう人が立ち寄るレストランで食事したくないな』

件のレストランでは抗議電話が鳴り続け、予約電話が一本も入らなくなった。風評被害の典型だったが、理事長の娘はその日を境に一切のＳＮＳを閉鎖した。中台理事長に纏わる風評被害はこれに留まらない。娘婿の勤務先、孫の通う小学校、その他家族の立ち寄り先の多くが特定され、抗議電話の攻撃に晒された。

中台の家族に落ち度がないのは承知していても、連日の抗議電話では通常業務に支障を来たす。馴染みの店の何軒かは、経営者が平身低頭して中台家の利用をお断り願ったと言う。

立派な暴力だと延藤は思った。不正経理事件が明るみになって、関与した者は法的にも社会的にも制裁を受けている。この上、無実の罪で石もて追われる必要がどこにあるというのか。

騒ぎはとっくに〈市民調査室〉の手を離れ、「正義の味方」を標榜するならず者たちの娯楽の場と化した。毎日、中台家の誰かしらが中傷の的とされ、監視された。立ち寄り先はことごとく忌み嫌われ、自ずと家族の外出する機会は激減した。家族を攻撃できないとみるや、その矛先は大学に向かう。日生大学とその関係者には有形無形の嫌がらせが頻発し、遂には警察の出動と相成った。無職の中年男がキャンパス内に設置された創立者の像にペンキをぶちまけたからだ。「義憤に駆られた」と中年男は動機を語ったが、延藤の目には日頃の鬱憤晴らしに理事長問題が利用されているようにしか見えなかった。

やがて中台は理事長の座を下りることとなった。公式には健康上の理由と発表されたが、信じる者は誰一人いなかった。

『中台理事長、辞任。まだまだこの国は捨てたものじゃないな』

『これで日生大学から中台色が一掃されればいいんだけど』

『ついでに一家全員、外国にいってくれないかしら。そうすれば本人たちも肩身の狭い思いをしなくて済むのに』

『あの強面も世論には敵わなかったか』

何が世論かと延藤は呆れた。何をもって自分たちの声が世間を代表しているなどと明言できるのか。これこそ体のいい自己弁護ではないか。

次に異状を察知したのは与党である国民党政調会長のスキャンダルに関するツイートだった。

『今、世間を騒がせている国民党政調会長の買春疑惑ですが、有権者の皆さんはどうお考えでしょうか。火元は例のごとく「週刊春潮」だった訳ですが、だからといって信憑性が担保されている訳ではありません』

『わたしが信用できる筋から聞いた話では某革新系野党の議員が「週刊春潮」の記者にタレ込んだそうですが、この議員の日頃の言動を考えると捏造の可能性を否定できません』

このツイートに早速フォロワーたちが反応した。

『某革新系野党ってこの場合民生党しか有り得ないし、タレ込んだ議員って切り込み隊長の元山しか有り得ないよな』

『確か前の偽メール事件でも、元山が絡んでいたよな』

『もうさ、政策論議どうこうじゃなくて、与党の足を引っ張ることしか考えていないと思う』

『今やリベラル政党というよりラディカルフェミ政党だもんな』

一連の流れを追っていた延藤は次第に不穏さを感じる。フォロワーのツイートが増えるごとに政調会長の買春疑惑が捏造であるとの空気がいつの間にか醸成され、民生党および元山議員への抗議に移行していく。遂には『#元山辞めろ』なるハッシュタグが付けられてフォロワー以外のネット民たちが参戦し始めた。

　延藤が不穏さを覚えたのは、〈市民調査室〉の言説に何一つ証拠が提示されていないにも拘わらず、冤罪説だけが独り歩きしている点だった。無論、これは民生党が過去にしでかした失態が尾を引いているものの、〈市民調査室〉への妄信が拍車をかけていることを否定できない。

　慌てた民生党執行部と当の元山議員が火消しに走ったが、これが逆効果となった。

『全くの事実無根なら焦って火消しに走る必要はないはず』

『ますます怪しい』

『大抵、この党ってブーメラン放り投げるんだよな』

『次の選挙が楽しみでしかたない』

『一番効果的な火消しは元山の議員辞職なんだけど』

　攻めるに強く守りに弱い。党の体質をそのまま露呈する羽目となり、炎上はまだ続いている。民生党と元山議員が噂の火消しに走っている間、国民党政調会長の買春疑惑は追及の手が止まり、やがて七十五日を待たずに下火になっていく。仮に買春疑惑が真実であった場合、民生党と元山議員はとんだ貧乏くじを引いたことになる。

　普段であれば国会は買春疑惑の追及でひと波乱あるはずだったが、逆に疑惑を持たれた民生党の舌鋒も鈍りがちとなり、結果的に与党の利するところとなった。

〈市民調査室〉が単なるインフルエンサーではなく、ネットの扇動者と位置付けされようとした頃、延藤は課長の鬼頭に呼ばれた。

「〈市民調査室〉、知っているな」

鬼頭の第一声で、この後の展開が読めた。

「少し前から監視対象でした」

「指示した憶えはないが」

「指示されてから動く部下は嫌いだと仰っていましたね」

「目端の利き過ぎる部下は使いづらいがな。まあ話が早いのはいい。〈市民調査室〉の素性を特定してほしい」

「元山議員からの要請ですか」

「彼ごときにそんな権限はない。日生大学前理事長中台氏から被害届が出ている。名誉毀損と偽計業務妨害で訴えるそうだ」

「そうなるでしょうね」

「少し前から監視していたと言ったな。個人的な興味でもあるのか」

「素性もそうですが、それ以上に変節の理由に興味があります」

延藤は〈市民調査室〉が当初は良心的なインフルエンサーであった事実を説明する。すると鬼頭は訳知り顔で返してきた。

「自分に発信力があると知った途端、自分が何者かになったかのように思想信条を語り出す。よくある話だ」

「ええ。しかし以前はちゃんとした情報に基づくものであったのに、最近ではデマを拡散する方向に歪んでいます」

「周囲から持ち上げられると増長して、自分がいったん正しいと思ったことが真実だと疑わなくなる。それもよくある話だ。今は得てして、そういう勘違いどもが事件を起こす」

身も蓋もないと思ったが、実際にそういう事例が多いので否定はしない。

「勘違いも度を超えれば思想犯になり得る。数ある凶悪犯の中でも一番厄介な手合いだ。まだ若い芽のうちに摘み取るに限る」

「ひょっとしたら既に大樹に生長している可能性があります」

鬼頭はにこりともしなかった。

「それなら切り倒すまでだ」

自分の席に戻ると、西條が好奇心丸出しの顔で待ち構えていた。

「課長に何の用事で呼ばれたんですか。まさか例の、新設の部署への内示ですか」

「〈市民調査室〉を特定しろとの指示だ」

「何だ」

西條は面白くなさそうに眉を顰(ひそ)めた。

「しかし延藤さんも先見の明がありますね。ずっと〈市民調査室〉の動向を探っていたんでしょう」

「捜査対象になると予想していた訳じゃない」

「備えあれば患いなしじゃないですか」

「ただのまぐれ当たりだ」

まぐれ当たりには違いないが、ここまでの推移を知ると知らないとでは初動に大きな差が生じる。

最初に訪ねる場所は、もう決めていた。

4

『平素は格別のお引き立てを賜り、厚く御礼申し上げます。さて、突然ではございますが、諸般の事情により6月5日をもちまして閉店する運びとなりました。長きに亙るご支援に心より感謝申し上げますとともに、ご迷惑をおかけしますことを深くお詫び申し上げます。皆様のますますのご健勝とご発展を心よりお祈り申し上げます。

〈ラーメンいそべ〉店主』

店のドアには定型文と思しき張り紙があった。ＳＮＳで拡散され息を吹き返したとばかり思っていたが、どうやらそうは問屋が卸さなかったらしい。

ただし管理物件の張り紙はない。裏口に回るとまだ洗濯物が干してあった。

チャイムを鳴らすと、七十代と思しき女性が出てきた。おそらく店主の妻だろう。延藤が来意を告げると、彼女は家の中に向かって叫んだ。

「お父ちゃん、何かしでかしたの。警察の人がお見えだよ」

「俺ァ知らねえぞ」

「ま、さっさと中に入ってくださいな。近所に見られたら面倒だし」

　茶の間に通されると磯部聡司がテレビの前に座っていた。聡司はこちらが差し出した名刺を怪訝そうに見る。

「サイバー、犯罪、対策課、ねえ。人殺しや盗みを担当してるんじゃないのか」

「デマや人権侵害や詐欺とか、主にネット上での犯罪を取り締まる部署です」

「時代が進むと俺らには想像もつかねえような悪さを思いつくヤツが出てくる」

「新しいシステムが生まれると、必ず悪用しようとする者が現れます。新しい法律を制定しても、必ず法の盲点を突こうとまた新しい犯罪を考案する。イタチごっこですよ」

「悪いヤツってのは悪いことしか考えないからな」

　聡司は何者かに憤るように言う。

「あんたたち警察が折角捕まえてもな、刑務所にぶち込まれると改心どころか、次はどうしたらパクられずに済むかを一生懸命に考えるのさ。気の毒だが、あんたたちの仕事は未来永劫なくならない」

「至言ですね」

「ある時一見の客が、事もあろうにカウンターに座って悪だくみしてやがった。一応客だから完食したのを見計らって、ウチに二度とくるなと言ってやった。折角、美味いもの出してんのに碌でもねえ話するなってんだ」

「そう言えば、味噌ラーメンがご自慢でしたね。実は楽しみにしていたのですが、既に閉店されていたとは。ＳＮＳで人気が再燃したのではなかったですか」

「あんなもの、長続きしねえよ」

自嘲気味の言葉が胸に応える。

「嬶にも言ったんだが、降って湧いたような人気はあっという間に消えちまうものだ。物珍しさでしばらく店はごった返してたが、二週間もすると落ち着いた。ま、一番大きな理由は俺にあるんだが」

聡司は自分の腰に手を当てた。

「昔取った杵柄で頑張っちゃみたが、やっぱり寄る年波にゃ勝てねえよな。客の入りがばったり途絶えた途端に腰が逝った。まともに立てないから麺を打てねえ。何から何までグッドタイミングってやつだよ。そういう訳で、はるばる来てもらっても自慢の味噌ラーメンを出してやれねえ。申し訳ないな」

頭を下げられ、延藤は慌ててやめさせる。

「よしてください。こっちはアポイントも何もなく、いきなり押しかけたんですから」

「一見の客だから精一杯おもてなしをするのが飯屋の信条だ……と、いけねえいけねえ。もう店を畳んだ人間が言うこっちゃないな」

聡司は申し訳なさそうに頭を下げる。どこまでも律儀な男だと延藤は感心する。

「で、今日やってきた用向きは何なんだ。まさか本当にラーメンが食いたくてきたってんなら、俺ァ何とかして」

「いや、お気持ちだけいただきます。こちらに伺ったのは、ＳＮＳの発信者についてお訊きしたいことがあったからです」

「ああ、ロコミでウチを宣伝してくれた〈市民調査室〉っていう人だな。俺らは神様だと思っているんだが、その人が何か悪さでもしたのかい」

俄に聡司は警戒心を露わにする。当然の反応だろう。

「まだ、具体的な犯罪行為には及んでいませんが、危険な状態に陥ることが予想されます」

「あのな、延藤さんとか言ったな。もうちっと俺にも分かりやすい言葉を使ってくれ。要するに近々悪さをするかもしれないってんだろ」

「その通りです」

「初耳だな。警察ってのはまだ悪さをしてもいないヤツを捕まえるのかい」

「犯罪を未然に防ぐのも警察の役目です。それに犯罪を阻止するということは〈市民調査室〉に罪を犯させないということでもあります」

「調子のいい理屈だな、どうも」

聡司はまだ警戒心を解こうとしない。

「悪党を捕まえるからには、捕まえる側も少しは悪くなきゃ歯が立たない。そんなこたあ百も承知しているがよ。手前ェの店をいっときでも繁盛させてくれた恩を仇で返すような真似は真っ平ごめんだね」

「いよっ」

二人のやり取りを見守っていた妻が合の手を入れてきた。

「いいこと言うねえ、父ちゃん」

「よせやい、馬鹿」

延藤は内心で腕組みをする。被疑者を庇いだてする証人は初めてではないが、今回はどうも勝手が違う。

「お二人は〈市民調査室〉を悪人とは思っていないのですね」

「少なくとも俺らにとってはさ。他のヤツらに何をどうしているかは知らねえが、人間てのはみんなそんなもんだろ。誰かにゃ優しいが誰かにゃ冷たい。中には誰にでも優しいヤツがいるが、そいつだって人殺しや、自分の家族に危害を加えるヤツには甘い顔ができねえはずだ」

「しかし、あなたは〈市民調査室〉と顔を合わせたこともない」

「いや、顔は合わせているはずなんだ。何ならふた言み言くらいは言葉を交わしているかもしれねえ。俺のラーメンを食って感想をネットに上げているくらいだからな」

「そういう食レポの類いの取材は、よく受けていたのですか」

「以前はグルメ番組に取り上げられたことがあったが、最近はさっぱりだった」

「では少なくとも〈市民調査室〉は古くからの常連じゃなかったんですね」

「ああ。古くからの客だったらもっと早くネットに上げていただろうからな」

「失礼ですが、ＳＮＳでバズる前はあまりお客がこなかったとか」

「閑古鳥が鳴いてたよ。昼時だってのに客が一人か二人なんて日が珍しくなかった」

「それなら最近常連になった人の顔は憶えているんじゃないですか」

「基本、俺は厨房に立っているからな。客の顔を憶えてるとなると、接客している嫃だろ」

「そりゃあ憶えてるよ。それが商売だもの」

「最近、常連になった客がいたんですね」

「うん。四、五人程度かな。週に一度は来店いただいて……」

　彼女は慌てて自分の口を押さえる。

「嫌だ。うっかり喋っちゃうところだった。危ない危ない。刑事ってのはホントに油断も隙もあったもんじゃない」

　買い被りにもほどがある。今のは延藤の誘導が優れていた訳ではなく、二人の人の良さによるものだ。

「もう、ひと言だって喋るもんですか」

「今でもその四、五人は見たら判別がつきますか」

「くどいねえ、客の顔を憶えるのが商売だって言ったじゃ……」

　彼女はしまったという顔で再び口を押さえる。横で見ていた聡司はすっかり呆れた様子でいた。

「引っ掛かりやすいなあ、母ちゃん」

「この刑事さんが狡いんだよっ」

「まあ、そういう訳だから、あんたには協力できそうにない。悪いが他に用事がないなら帰ってくれねえか」

「長居をしてすみませんでした」

退去を命じられては出ていくしかない。ただし延藤に落胆はない。〈市民調査室〉の顔を憶えている者の存在を確認できただけでも僥倖だ。あの口ぶりから考えても共犯の線は捨ててよさそうだ。

いずれ〈市民調査室〉が何らかの事件で捜査線上に浮上した際、磯部夫人の証言は重要な証拠になり得る。懸念すべきは〈市民調査室〉が彼女に顔を憶えられている事実を知ることだ。〈市民調査室〉は磯部夫妻の居場所を知っている。磯部夫妻が狙われる可能性は充分ある。

「またお邪魔します」

「きたって話すこたあないよ」

「何かの都合で事情が変わるのもよくある話です。もし不測の事態が生じたら名刺にあった番号にご連絡ください。すぐに飛んできます」

「必要ねえと思うがな」

「人生には思いもよらないことが起きるものです。磯部さんも体験されたばかりじゃありませんか」

〈ラーメンいそべ〉を辞去した延藤は港区南青山にある〈オフィスＡＫＡＧＩ〉を訪れた。ここは先に麻薬及び向精神薬取締法違反の容疑で逮捕された照屋一心の所属事務所だ。照屋一心は逮捕後、カネを積んで保釈されたが当然進行中だった全ての仕事はキャンセルとなり、今は自宅マンションで蟄居(ちっきょ)を余儀なくされている。本来であれば延藤が直接出向いて話を訊きたいところだが、ここで彼のマネージャーから待ったが掛かった。本人と面会するのであれば自分を通せと言うのだ。

　そうした経緯で延藤は芸能事務所の前に立っている。

　アポイントを取っていたので、受付で氏名を告げると、すぐ面会と相成った。だが応接室で待つこと五分、姿を現したのは女性マネージャーと顧問弁護士の二人だった。

「照屋一心のマネージャーをしております仙田美馬と申します」

　仙田はいかにも芯が強そうに見えた。対して顧問弁護士はただの付属品といった印象しか受けない。おそらく延藤の言動が後に控える裁判に関わってくるか否かを見極めるために同席したに相違ない。

「お手間を取らせて申し訳ありません。保釈された後も照屋はひどくナーバスになっており、接触する人物を制限しているのです。何卒ご理解ください」

「保釈されたのは何よりでしたね」

「麻薬取締部は照屋の住んでいた部屋のみならず、この事務所も徹底的にガサ入れしましたからね。今更逃亡も証拠隠滅もできないと判断されたのでしょう」

末だに〈オフィスＡＫＡＧＩ〉は照屋を退所させていない。してみれば当面のスケジュールが全て中止になった今も、照屋一心には商業的価値があると判断しているのだろう。

「延藤さんはサイバー犯罪対策課所属とお聞きし、少し意外でした。照屋に面会をご希望なら組対の刑事さんだと決めつけていましたから」

「面会目的は薬物の所持・使用に関することではありません。加えて照屋一心さんと利害が対立する内容でもありません。むしろ共通した敵と対峙していると言ってもいいでしょう」

「共通の敵」

やにわに仙田の顔つきが変わる。

「詳しい話を」

「わたしは今、〈市民調査室〉なるアカウントを持つ人物の動向を監視しています」

「ああ、なるほど」

その名前を聞いただけで、仙田は合点がいった様子だった。

「私（わたくし）どもも〈市民調査室〉の存在は煙たく思っています。照屋が逮捕されたのは本人の不徳の致すところですが、彼のスキャンダルをエンゲージメントに利用しているのが、実に腹立たしい」

仙田は憤りを隠そうともしない。初対面の警察官にこれほど感情を露わにするのは、よほど悔しい思いをさせられたからだと推測できる。

「人気商売なので、以前から照屋に一定数のアンチがいたのは事実です。ところが事件発覚後、アンチの数が尋常ではないくらいに増加しました。元のファンが手の平を返した事例もあります。普通、初犯であればこれほど離反するファンはいません。追跡調査してみると、新たなアンチになった人の多くが〈市民調査室〉のフォロワーでした」

「〈市民調査室〉がアンチになるように誘導したというのですか」

「非常に巧みに。照屋と弊社のことを気遣うふりをしながら、その実本人の不道徳さとそれを放置し容認していたという弊社の社会的責任を突いています。正面切って堂々と非難すればいいものを、お為ごかしに発信している。個人的には最もあくどいやり口だと思います。〈市民調査室〉は何かの犯罪に関わっているのですか」

「最近ではデマを拡散している疑いがあります。具体的な事例については言及を控えますが」

「被害届が提出されれば名誉毀損や偽計業務妨害になりそうな案件と受け取ってよろしいでしょうか」

「否定はしません」

「私どもに協力できることは何でしょうか」

「今回の逮捕劇ですが、〈市民調査室〉は麻取のガサ入れ前に照屋さんの薬物疑惑をツイートしています。偶然にしてはタイミングが合い過ぎています。何故そんなことが可能だったのか。最も容易に思いつくのが、照屋さんの身近にいる者が〈市民調査室〉に情報を流したという可能性です」

「その可能性についてはわたしも検討してみました。真っ先に弊社のスタッフを疑いましたからね。しかしプライベート以外は四六時中行動をともにしているマネージャーのわたしでさえも薬物使用については寝耳に水でしたから、他のスタッフが知り得たはずがありません。もし情報を流した者がいるとしたら、弊社関係者以外でしょう」

「同意します。それで照屋さんのプライベートな部分に注目しました。照屋さんはまだ独身でしたよね」

延藤が言わんとすることを読んだのだろう。仙田は苦々しげに顔を顰めてみせた。

「照屋の女性関係については忸怩たる思いがあります。本人は集中力を維持するために複数の女性を性処理の道具のように扱っていました。わたしはマネージャーの立場にいながらそれを黙認していました。交際している女性に被害者意識がない限り許容範囲だと自己弁護していたのです」

「必要悪みたいなものですか」

「照屋は生理的欲求を満足させないと集中力が保てない体質でした。しかし、それもただの言い訳に過ぎません」

「下世話な話ですが、マネージャーのあなたに言わないことでも、ベッドパートナーには口を滑らせることがあるのではありませんか」

「彼の付き合っていた女性の一人がリベンジとして薬物使用の件を〈市民調査室〉に洩らしたというのですね。ありそうな話です」

「照屋さんと関係した女性一人一人から事実を聴取したいと考えていますが、その前に照屋さん自身に心当たりがあるかどうかも確認しておかなければなりません。そのための面談です」

「仰ることは充分に理解しました」

仙田はやや悄然として首を垂れる。

「協力したいと存じます。しかし今しばらく時間を頂戴できませんか」

「何故ですか」

「先ほども申し上げた通り、照屋は非常にナーバスな状態にあります。平たく言えば人間不信に陥っています。そんな時に、交際相手の一人が自分を売った事実を無理やり認めさせるような真似をしたら、当分立ち直れなくなります」

「いささか過保護のような気がします」

「立ち居振舞いはどうあれ、照屋一心の精神年齢は十四、五歳ですよ」

仙田は突き放したように言う。

「今まで自由奔放に振る舞っていた子どもが、現実の壁にぶち当たって、ようやく実年齢に近づいたんです。〈市民調査室〉憎しは彼も同じでしょう。延藤さんに協力するよう、まずわたしが説得します。お願いします」

深々と頭を下げられると、無下には断れなくなった。

〈オフィスＡＫＡＧＩ〉から警視庁に戻った延藤は、刑事部屋に直行して西條を捕まえた。中台前理事長からの被害届を受理した時点で、〈市民調査室〉のＩＰアドレスを追跡する作業が開始されていたからだ。

「どうだった」

「どうもこうも昨日の今日じゃ、あまり進展ありませんよ」

西條は憮然として首を横に振る。

「奴さん、複数の海外サーバーを経由しています。一日二日で特定するのは無理です」

「やり口自体はオーソドックスだな」

「オーソドックスなのは一番手間暇が掛かるんです。延藤さんなら説明するまでもないでしょう」

サーバーの経由先を辿っていくと、最後はロシア最果ての地に行き着いた例もある。辿り着いた頃には本人が既に逃亡した後という寸法で、どうしても後手後手になってしまう感がある。

「詰まるところ、中台前理事長がガセネタで退任させられたという話でしょう。特に喫緊の案件とも思えないんですけどね」

「喫緊だったかどうかが後で分かる場合もある。あの時こうすりゃよかったと後悔したくないだろ」

「延藤さんて、にこやかに人を追い込んでいくタイプですよね」

西條は短く嘆息しながらＩＰアドレスの特定作業を再開する。延藤は部下のモチベーションを上げることができたと安堵する。

だが延藤はこの時のやり取りを後悔することになる。
本当はもっと急ぐべきだったのだ。

二　相互フォロー

1

じりっ。

目覚まし時計が鳴った途端、半崎伺朗（はんざきしろう）はぱっとベルを止めた。

午前二時三十分。ベルが鳴らずとも、この時刻になれば自然に目覚めるように身体が憶えている。それでも目覚ましをセットしているのは念のためだ。

シャツの上から販売店のジャケットを羽織り店舗に向かう。店舗と言っても、販売店に新聞を買いにくる客はほとんどいないので、実質は作業場となっている。

明かりを点け、観音開きのドアを開けて待っているといつもと同じ時間に配送用のトラックが姿を現した。

「おはようございます」

「ご苦労様です」

荷台に移った運転手と新聞紙をひと束ずつ下ろしていく。一般紙とスポーツ紙、その他専門紙の束数は頭より身体が憶えている。所定の束を店舗内に積み上げると、半崎は束の一つを開封し、前日に折込んでいたチラシを新聞に挟み込み始める。滑り止めのため、両手の親指と人差し指に指サックを嵌める。

作業を始めてしばらくするとバイト学生たちが一人また一人とやってきた。

「おはようございます」

「おはようございます」

バイト学生たちも半崎に倣ってチラシ入れを進める。

午前三時四十分、チラシ入れを終えた者から順に配達に出た。運転免許を取得している者はバイクで、それ以外は自転車で各々の区域に散っていく。彼らを見送った後、半崎もヘルメットを被って夜明け前の町へ飛び出した。

五月末、まだこの時間は風が涼しい。バイクで走っていると頬に当たる風が心地よい。対向車も道往く人もなく、さながら自分が町の王となって疾走している気分になる。新聞配達で得られる数少ない快感の一つがこれだ。

本来、販売店の店主が自ら配達することはあまりない。だが、半崎の販売店では四月から立て続けにバイト学生が辞めてしまったため、代配を余儀なくされている。バイト学生の多くは新聞奨学生で、新聞配達さえすれば学費を全額免除される上、住まいと朝夕の食事も安く提供してもらえる。昨今、奨学金返済が大きな問題になっているが、新聞奨学会制度なら食と住が確保される上に返済の必要もない。そうした事情で入学シーズンには新たなバイト学生が入所してくるのだが、諸々の理由で辞めてしまう者もいるのだ。

二時間かけて配達し終えると、朝食までの間に新聞を広げる。大して期待はしていないが、一面の見出しを見てまたかと思う。相も変わらぬ理屈を捏ね回した政府批判と高尚そうな左翼思想で、読んでいて苛々する。

下らん、と呟いて新聞を放り出す。己の販売店で配達しておいていうことではないかもしれないが、これでは読者離れに拍車がかかるだけだ。

新聞販売店には他紙全てが配られるので毎日読み比べることができる。読売、朝日、毎日、産経、東京、社是も違えば編集方針も違うから社説に相違があるのも当然だが、それでも半崎の販売店が配る新聞は偏向が過ぎる。偏向が過ぎてネットでは散々叩かれているし、購読者を毎年減らす有様だ。あまりの販売部数の落ち込みに、それまで広告出稿していた企業が次々にライバル紙に鞍替えしてしまい、広告収入が激減するというおまけまでついた。

いや某紙だけを責めるのは酷かもしれない。某紙ほどではないにしろ、半崎が思うにどの新聞も偏っており中道を往く新聞は皆無だ。新聞やテレビがオールドメディアと蔑まれて久しいが、読者無視の編集を十年一日のごとく繰り返していれば古色蒼然(こしょくそうぜん)となるのはむしろ自明の理ではないか。

それに比べてネットはどうだ。

半崎は新聞を放り出したのと同じ手でスマートフォンを取り出す。まだ朝の六時台だというのに、新しく掲載されたニュースに早くもコメントがついている。半崎はこの種のコメントを眺めるのが好きだ。高所からの仰々しいご託宣（たくせん）ではなく、一般市民の率直な意見が溢れている。舌足らずや感情的表現はご愛敬だ。少なくとも飾り気がない分、よほど信用できる。

「所長」

様々なコメントやTwitterを眺めていたら、いつの間にかバイト学生の一人が背後に立っていた。

「そろそろ食事です」

ひどく白けた目でこちらを見ている。

「ああ、ごめん」

店舗の隣は半崎家の食堂になっており、既に配達を終えたバイト学生たちが席について箸を動かしている。半崎も遅れて椅子に座り、手を合わせる。

「いただきます」

炊事は全て母親に任せており、食器洗いを一度に済ませるため半崎もバイト学生たちと一緒に食事を摂っている。学生たちのスタミナに合わせた食事なので、三十半ばの半崎の胃袋にはいささか応える。

朝食を終えると、学生たちはそれぞれの場所に戻っていく。ある者はそのまま大学に向かい、ある者は目的の講義があるまで部屋で寛ぐ。そして半崎は母親の悩みや愚痴を聞かされる。

「今月に入って、もう四件も契約を切られてるよ」

契約件数の増減は半崎も承知している。承知していることを改めて口にされると、神経に障る。

「先月は六件、その前は五件。どうしようねえ、このままじゃ契約件数が減る一方だよ」

「拡張（新聞の訪問勧誘）するさ。一件成約ごとに二千円でバイトくんたちに発破をかける」

「拡張なら、ずっと拡張員さんたちが歩いてくれているじゃない。それでも先月は三件、先々月は二件で全然追いついていない。学生さんたちも講義に出なきゃいけないから、そうそう時間を使えないのよ」

「分かっている。俺が外回りすれば済む話だろ」

「伺朗一人が歩き回ってもねえ」

じゃあオフクロも外回りしてみろ、という言葉は無理して飲み込んだ。母親は還暦を過ぎている上に自律神経失調症を患っている。辛うじて家事はできても訪問勧誘ができる状態にない。

「こんな時、お父さんがいてくれたらねえ。きっと何か思いついてくれるんだろうけど」

「昔とは違うよ。販売店が何をしたところで、新聞自体のニーズがなきゃどうしようもない」

「愚痴っているだけじゃ契約は増えないよ」

愚痴っているのはどっちだと思ったが、これも口にはしないでおく。

「伺朗は店のオーナーなんだからさ。もっとしっかりしてくれなきゃ困るよ」

いつもふた言目にはそれだ。こっちだって望んで店主になった訳ではない。

「分かってるよ、そんなことは」

これ以上話していると喧嘩になると予感した時、店の電話が鳴った。これ幸いとばかりに受話器を取ると、怒気を孕んだ声が流れてきた。

『三丁目の木嶋(きじま)だけど、スポーツ紙がまだ入っていないよ』

三丁目は今年入ったばかりのバイト学生の受け持ち区域だ。おそらく不配（配り忘れ）だろうが、当の学生は既に大学に向かっているはずだった。

「すみません、今から伺います」

まだ言い足りなさそうな母親を適当にあしらって三丁目の木嶋宅に向かう。到着すると木嶋が、世の中の不機嫌を全部集めたような顔で半崎を出迎えた。

「遅いよ」

「どうもすみません」

「俺の朝イチの楽しみはスポーツ新聞読むことなんだよ。それがないと一日のリズムが狂う」

「重ね重ね申し訳ありません」

「今年に入ってから二回目だよ」

「配達している者がまだ新人なもので……」

「いや、新人とかベテランとか関係ないだろう。要はあんたの指導がお粗末だからじゃないのか」

「そう……かもしれません」

「かもしれないとは何だよ、かもしれないとは」

導火線に火が着いたらしく、木嶋は急に声を荒げた。

「紳士的に話してりゃつけ上がりやがって。いいか、契約している家にモノを届けなかったられっきとした契約違反だろうが。契約したのはお前の販売店じゃないのか」

木嶋の非難はそれから十五分間に及んだ。半崎はひたすら平身低頭するだけだったが、最終的には怒り疲れた木嶋に玄関から追い出されることで解放された。

ひどく惨めな気持ちで店に引き返す。

そもそも半崎に店を継ぐつもりなど毛頭なかった。大学卒業後に就いた教職は多忙を極めたが、それなりにやり甲斐もあり福利厚生も充実していた。ところが教師になって二年目の冬、母親から急を告げられた。

『お父さんが倒れた』

取るものも取りあえず実家に帰ってみれば、父親はくも膜下出血で逝った後だった。今わの際に遺した言葉は『伺朗を呼んでくれ』だったらしい。

父親の亡骸の前で母親から販売店を継いでくれと哀願された。場所も場所だがタイミングも最悪だった。雰囲気に呑まれ、半崎は後継を承諾せざるを得なかったのだ。

以来、半崎は店主として新聞販売店を切り盛りしている。慣れない仕事でも半年もすれば覚える。要領も分かってくる。

だが決して好きにはなれない。親の遺志を継ぐと言えば聞こえはいいが、とどのつまりは押し付けられているだけであり、興味の持てない遺品を管理させられているようなものだ。

だがいったん店主になってしまえば半崎家のみならずバイト学生たちの生活を背負うことになる。好きになれないという理由で家業を放り出す訳にはいかず、忍耐と後悔の日々が続いている。

母親の愚痴から逃れるため、半崎は拡張と称してまた外に出る。訪問先の優先順位で一番上にくるのは、引っ越し直後の家庭だ。バイクで担当区域を流しながら引っ越し業者のトラックを探す。だがそんなに都合よく見つけられるはずもなく、一時間余は無駄に過ぎてしまった。

公園の隅にバイクを停め、ベンチに腰掛けてひと時の休憩を決め込む。スマートフォンを取り出し、お気に入りのインフルエンサーのツイートを閲覧する。

『〈市民調査室〉さん。好きなアーティストのライブがあるのに、転売ヤーが買い占めるためにわたしのお小遣いでは買えなくなりました。地方でチケットを買えない人たちのために転売は必要だと転売ヤーは主張します。やっぱり無理をしてでも転売ヤーから買わないといけませんか』

『〈りょーこ〉さん、こんにちは。転売ヤーの主張はただの屁理屈で、自分の行為がやましいのを知っているから自己弁護しているだけです。需要があるから反社会的な仕事も成立するというのはヤクザの理屈ですね』

『チケット代が高騰して、本当にライブに行きたいファンに行き渡らない実状をファンクラブに直訴してはいかがでしょうか』

どんな悩みにも〈市民調査室〉は的確な回答を用意している。変に偉ぶることもなく、やや礼を失したような質問にも紳士的な態度を崩さない。ここ数カ月で、あっと言う間にインフルエンサーの仲間入りをしたのもさもありなんと思える。

いや、的確な回答や紳士的な態度も然ることながら、半崎が何より憧れるのは〈市民調査室〉の発信力だった。

〈市民調査室〉がひと言呟けば十数万人ものフォロワーが反応し、即座にコメントを返す。会ったことも話したこともない相手に親近感を抱き、全幅の信頼を寄せている。考えてみれば、これはすごいことだ。タレントでも政治家でもない名もなき一般人が、己の人間力だけで大勢の心を捉えて離さない。

それに引き換え自分はどうだ。

意に染まぬ家業を無理やり継がされ、日々仕事に追われている。バイト学生たちから尊敬されることもなく、契約件数と収入は減少するばかりだ。配達している新聞には愛着も誇りもなく、己の働きが社会の役に立っているとは到底思えない。毎日のように顧客から怒鳴られ、母親からは愚痴をこぼされる。

充足感もなければ自己肯定感もない。半崎が何を叫んだところで聞く者はおらず、どんな立派な行動をしても注目する者は一人もいない。教職を二年経験しただけで、大した経験値もなく、皆が驚くような学歴も資格も持ち合わせていない、社会的には塵芥（じんかい）に等しい「見えない」存在なのだ。

ふと考えた。

今の半崎の懊悩を〈市民調査室〉はどう見るだろうか。そしてどんな有益なアドバイスをしてくれるだろうか。

ほんの思いつきだったが、一度生まれた考えは頭の中でどんどん膨らんでいく。

ＳＮＳの良さはハードルの低さだ。誰もが匿名で好き勝手なことを表明できる。アカウントに隠れてしまえば、性別も、年齢も、地位も、経済力も、容姿も無意味になる。ではＳＮＳで自分が〈市民調査室〉に話しかけるのに、どんな障壁があるというのか。

半崎は意を決して、こんな文章を書いた。

『〈市民調査室〉さん、はじめまして。〈ハーフ夫〉という者です。新聞配達をしているのですが、配っている新聞が思想的に偏向しているため、お客様の手元に届けても達成感がありません。仕事だと割り切っていても、まるでカルト宗教のパンフレットを配り歩いているように虚しいです。何か自分を納得させる方法はないものでしょうか』

アカウントからも文章の内容からも、書いたのが半崎伺朗とは分からないことを確認して〈市民調査室〉の許へ送る。果たしてどんな回答が返ってくるのか。それとも黙殺されるのか。

ひと息吐いて、半崎はまたバイクに乗った。

店に戻って作り置きの昼飯を掻き込むと、半崎はベッドに倒れ込んだ。夕刊が配送されるのは午後三時。それまでの三時間が半崎に許された午睡の時間だ。夜は三、四時間しか寝られないので、昼寝でもしないと充分な睡眠時間が確保できないのだ。

疲れている時には夢さえ見ない。目が覚めると午後三時十分前だった。

もうじき配送のトラックが到着する。むくりと起き上がって、メールの確認をする。

気になって〈市民調査室〉の Twitter を見て驚いた。何と半崎の質問について回答がされている。

『〈ハーフ夫〉さん、こんにちは。毎日の配達、お疲れ様です。思想の偏向した新聞を配達していて達成感がないとのことですね。きっと真面目な方だとお見受けします』

『わたしは常々、考え方に〈偏向〉なるものは存在しないと思っています。どんなに突拍子がなくとも、感情的であっても意見は意見です。新聞によって思想信条が異なるのも当たり前です。全紙が同じ論調というのは却って気持ち悪くありませんか』

『いつどこの世界でも通用する正義はないのではないでしょうか。それと同様に完全に間違っている意見や思想もないと思うのです。少なくとも当人にとっては大真面目な意見であり、他人はその正邪にジャッジを下すだけです』

『新聞も同じで、何が書かれていようと、善悪を判断するのは読者です。むしろ、こんな意見もあると紹介すれば、より見識が深まるのではありませんか』

『情報は多いに越したことはありません。〈ハーフ夫〉さんはその情報を人々に手渡すアンカーの役目を背負っています。重要で、なくてはならない存在だとわたしは思います。あなたの仕事に感謝している人はとても多いはずです』

『本当に大事なことを、人はあまり大声で言わないものです。これからもお身体に気をつけて、わたしたちに大切なニュースを届けてください』

最後の一文は滲んで読めなかった。半崎は慌てて涙を拭い、もう一度最初から読み返した。

あなたの仕事に感謝している人はとても多いはずです。

店主になってからというもの、新聞の不配や遅配で叱られたことは数多いが、そんな風に言われたのは初めてだった。

ささくれ立った気持ちの襞に言葉の一つ一つが染み込んでいく。

認められるということは、こんなにも心が満ち足りるものなのか。こんなにも平穏になれることなのか。

久しく忘れていた感情に浸っていると、やがて店の前に配送トラックの停まる音が聞こえた。

半崎は足取りも軽く飛び出した。

この日を境に半崎は一層〈市民調査室〉に傾倒していった。これまで抱いていた親近感は信奉に変わり、信頼は服従になりつつあった。

〈市民調査室〉の発信はひと言も見逃すまいと一時間毎に確認する癖がついた。朝晩の配達時も例外ではなく、自分の知らぬ間に更新がされていると、乗り遅れたような気がして悔しさが募る。

発信された言葉に対してフォロワーの放つコメントも半崎に安堵と発奮をもたらした。

『〈市民調査室〉さん、こんにちは。先日、貴重なアドバイスをいただいた〈りょーこ〉です。

あの後、ファンクラブに苦情を申し立てたところ、先方も転売ヤー対策には頭を悩ませていたみたいで、話していたら少し同情してしまいました』

『〈市民調査室〉さんへ。オイラも転売ヤーには苦々しい思いをさせられてきました。チケットにしても物販にしても〈市民調査室〉さんの言う通りヤクザと一緒ですよ、あいつら。いっそのこと、〈市民調査室〉さんが旗振り役になって転売ヤー撲滅の団体を作ってもらえませんか』

『〈市民調査室〉さん、はじめまして。お母さんがフォロワーだったんですけど、わたしも一発でファンになりました。相互フォロー、よろしくお願いします』

『ええっと。今度、初めての彼女とデートするんですけど、馬車道辺りでイケてるデートスポットありますか？』

　良きインフルエンサーには良きフォロワーが集まるものらしい。皆のツイートやコメントに目を通していると、自然に頬が緩んでくるのが分かる。

　ある日、〈市民調査室〉からこんな投稿があった。

『先日、用事があって日生大学に出かけました。そこで中台理事長の乗る車を見かけて疑問に思いました。日生大学って巨額の不正経理発覚で問題になったばかりじゃないですか。ところが理事長の乗っていたのはベンツのマイバッハだったんですよ』

『確か諸経費込みで三千万円は下らない高級外車です。それもピッカピカの新車。不正経理の後始末で大学運営が危機的状況に陥っている最中、最高責任者であるはずの中台理事長何故にベンツのマイバッハ。あんな車、脱税でもしない限り買えませんって。ひょっとしたら理事長……』

一読するなり腸が煮えくり返った。

日生大学の中台理事長は最近世間を騒がせている人物だ。生来の悪人顔も相俟って巨額の不正経理の黒幕と噂されているにも拘わらず、警察はまだ彼の尻尾を摑みきれていないらしい。

その中台がマイバッハの後部座席でふんぞり返っているさまを想像すると、胸糞悪さで気分が悪くなった。

「巨悪」の二文字が浮かんでは消える。まるで中台理事長のためにあるような言葉だと思った。さしものマスコミも中台理事長への疑惑を報じながら、決定的な証拠を見つけ出せず噂話に終始している。どこか及び腰に映るのは、中台理事長が訴訟に踏み切った場合、勝てる見込みが少ないからだろう。

ところが〈市民調査室〉は敢然と疑惑を口にした。権力も後ろ盾もない一般市民が巨悪を挫こうとしているのだ。

その意気やよし。

司法やマスコミが裁けないのなら俺たちが裁いてやろうじゃないか。

半崎は「中台理事長　悪事」というキーワードで彼に関する黒い噂を拾い集める。すると出るわ出るわ、中台理事長に纏わる話はカネだけでなく学内での専横の他、お定まりの女性関係など枚挙に遑がなかった。

この男を放置してはいけない。

半崎は拾い集めた噂話を貼り付けた上で〈市民調査室〉にコメントを返す。

『ちょっと調べただけで中台理事長にまつわる話がこんなに出てきました。いくら証拠がないとは言え、この多さは異常です。心あるフォロワーさんに拡散希望。叩けばホコリの出る身なら、とことん叩いてやりましょう』

すると、すぐに〈市民調査室〉からの返事があった。

『〈ハーフ夫〉さん、ありがとうございます。短時間でよくこれだけ集められましたね。その情報収集能力に感服します』

感服します。

半崎は何度もその文言を読み返す。他の誰でもない、〈市民調査室〉から直接称賛の言葉を贈られたのだ。

昂揚感で身体が浮き上がったような気がした。天にも昇る心地というのは、こういうことを言うのだろう。

「所長」

半崎はバイト学生の声で我に返る。

「どうしたんですか。もう夕刊の配送トラックが来てますよ」

「ああ、悪い悪い。メールチェックしてるんだ。代わりに荷下ろししておいて」

「はいはい」

彼は生返事をして店舗に戻っていく。おそらく好印象は持たれていないだろうが、今は中台理事長の悪辣さを広く世に知らしめるのが先だった。

夕刊の配達が終わると、チラシの折込み作業があるにも拘わらず、半崎はネットでの情報漁りに余念がなかった。バイト学生や母親から仕事をせっつかれたが、一段落するまではスマートフォンをひと時も手放そうとしなかった。

ほどなくして、朗報がネットの世界を駆け巡った。

日生大学とその関係者に抗議が殺到する中、とうとう中台が理事長職を下りることが発表されたのだ。表向きには健康上の理由と発表されたが、本気にする者は誰もいなかった。

ネットニュースでその事実を知った半崎は、かつてないほどの愉悦を味わった。

勝った。

一人のインフルエンサーと名もなき十数万人のフォロワーの地道な抗議活動が悪党を栄光の座から引きずり下ろした。しかもそのフォロワーの中で自分は目覚ましい働きをした。

半崎は〈市民調査室〉の参謀になったかのような昂揚感で、その日は何も手に付かなかった。

中台理事長失脚の余韻に浸る間もなく、〈市民調査室〉は次なる問題提起を発信してきた。

『今、世間を騒がせている国民党政調会長の買春疑惑ですが、有権者の皆さんはどうお考えでしょうか。火元は例のごとく「週刊春潮」だった訳ですが、だからといって信憑性が担保されている訳ではありません』

『わたしが信用できる筋から聞いた話では某革新系野党の議員が「週刊春潮」の記者にタレ込

んだそうですが、この議員の日頃の言動を考えると捏造の可能性を否定できません』

すぐさまフォロワーたちが反応し、その多くが民生党の切り込み隊長と名高い元山の名前を挙げている。この頃になると〈市民調査室〉のフォロワーは十五万人を突破していた。反応の度合いも早くなっており、即座に民生党ならびに元山議員の批判や噂についてのまとめサイトが立った。

サイトを眺めれば、なるほど元山という議員は国会質疑でも頓珍漢な質問をして与党議員から失笑を浴びることが多々あった。失言も多く、切り込み隊長を自負する割には脇の甘さを指摘されている。また日頃から品のない言動が目立ち、国民党政調会長のスキャンダルを捏造した張本人と言われても違和感がない。

こいつが黒幕に違いない。

疑念はいつしか確信に変わり、半崎は『#元山議員の辞職を要求します』というハッシュタグを拡散させた。瞬く間に数万単位のフォロワーが賛同し、この日のトレンドに挙がった。

己の炎上に対して元山議員の対応は遅きに失した。

『そよ風だと思っていたら暴風雨だった』

つい本音を洩らしたであろう元山議員のツイートは火に油を注ぐ結果となり、本人のみならず民生党の幹部連中までもが火消しに大わらわになった。次第に国民党政調会長のスキャンダルは雲散霧消(うんさんむしょう)し、後には元山議員の捏造疑惑だけが残った。

まだ政治的な決着はついていないものの、市民の力で悪徳議員の跋扈(ばっこ)を阻止できたことは半崎にとって得難い成功体験となって記憶に刻まれた。

2

「ただいま」

延藤は合掌して父の遺影に話し掛ける。父親の享年は八十だが、遺影は六十代の時に撮影されたものなので随分と若々しい。親族の中には直近のものの方が相応しいのではないかという意見もあったが、延藤の記憶には父親が六十代だった頃の印象が色濃く残っているので押し通したのだ。

同じ都内だが、延藤が実家に戻るのは父親の命日だけだ。母親は盆や暮れにも帰ってきてほしそうな素振りを見せるが、仕事に忙殺されて叶わないことが多い。

そもそも臨終の際、延藤の父親が遺した言葉は『慧司は呼ぶな』だった。自らも警察に奉職した父親だったから覚悟は決めていたのだろう。

「お昼、食べていくんでしょ」

促されて母親の手料理を楽しむ。お得意の五目飯は母親ならではの味だ。延藤が食べている間、母親はあまり話し掛けてこない。元から口数の少ない人間だったが、父親の死後は更に無口になった感がある。

延藤に兄弟はいない。だから父親が逝ってからは母親が一人で暮らしている。きっと寂しいと思うのだが、母親は延藤に同居を願ったことがない。確かめたことはないが、父親と何らかの取り決めがあるのだろう。

「ちょっと出掛けてくる」

食事を終えてから外出する。地元の友人と会う約束をしていた。

下町情緒を今に残す町は十年経ってもさほど変化がない。朽ちた家もなければ新築のビルもない。中高生の頃に立ち寄っていた書店やファストフード店もそのままだ。そして、やはり当時と変わらぬ佇まいの喫茶店を訪れる。

奥の席には半崎伺朗が待っていた。

「よお」

半崎は片手を挙げてこちらを見る。

延藤はおや、と思った。新聞販売店を継いでからというもの会えば半崎は表情を曇らせていたが、今日はひどく晴れ晴れとした顔をしている。

元気がないよりはあった方がいい。何か嬉しい報告でも聞かされるのかと、延藤は半崎の正面に座る。

「元気そうだな、慧司」

「そっちこそ」

二人とも同じブレンドコーヒーを頼んだ。マスターは代替わりしているが、コーヒーの味は昔と変わらない。

半崎伺朗とは中学・高校と同じクラスだった。普通は進級毎にクラス替えがあるのでついたり離れたりするものだが、腐れ縁なのか六年間ずっと一緒だったのだ。文化系の延藤に対して体育会系の半崎、協調性のある延藤に対して孤立しがちな半崎と、似通う部分はゼロに等しかった。

どんなにタイプの違う相手でも、毎日顔を突き合わせていれば否応なく親近感が湧いてくる。腐れ縁なら尚更だ。半崎が親の仕事を継いだのを機に、毎年実家に帰る度に会うことにしている。

「刑事の仕事は相変わらずか」

「悪いヤツがいる限り、暇にはならんさ」

自分が警視庁に勤めていることもサイバー犯罪対策課に所属していることも半崎には伏せてある。話して得になることはないし、刑事である事実に変わりはない。

「そっちこそ景気はどうだ」

「どこも新聞は部数を減らしている。若い連中が新聞を読まなくなったのは、お前だって知っているだろ」

「ああ」

「加えて商売敵に広告出稿で差を広げられている。このままじゃ購読料を値上げするか人減らしするしかない。どっちにしても斜陽まっしぐらさ」

「しかしネットニュースだって、新聞社の提供で公開されているんだろ」

「ネットに進出しようが、編集方針や社是が旧態依然なら結局はオールドメディアだ。碌なもんじゃない」

「えらく悲観的なんだな」

「何かが廃れていく時は末端から駄目になっていく。販売店というのは末端だからな。新聞社の危機をいち早く察知できる」

言葉は悲観的だが、自ら絶望を口にできる間はまだ救いがある。完全に望みを絶たれた者は愚痴さえこぼせないものだ。

「新聞は不滅だと思っていたが、まさか紙から電子になるとはな。ニューヨーク・タイムズだったな。あれは世界的に有名な新聞だったけど、実はただの地方紙で発行部数は百十万部程度だった。それがどんどん発行部数が減って二〇二〇年には八十万部台にまで落ち込んだ。ところが窮余の一策で新設したデジタル版は同じ年で五百十万件に達している」

「五百十万件ならもう地方紙とは言えないな」

「ああ。ネットだからニューヨーカーだけの読み物じゃなくなっている。肝心なのは紙媒体の減少とともに配る人間も駆逐されている現実だ。アメリカで起きることは数年後に日本でも起こる。その時まで俺の店が存続しているかどうか怪しいところだ」

半崎は自嘲気味に言う。

「それに比べてお前が羨ましい。まさか人間様に代わってロボットやＡＩが捜査や尋問をする訳じゃあるまい」

「それは分からん。犯罪者がＡＩを駆使するようになったら警察も対抗手段を取らなきゃならない。ロボットというのは大袈裟だが、科捜研や鑑識の分析作業はコンピューターがしているからな。今日までのお伽噺が明日には現実になる」

延藤は冗談めかして言ったが、本音では懸念も混じっている。所属しているサイバー犯罪対策課はネット空間で犯人を捜す作業に明け暮れており、それこそマンパワーよりはプログラミングの巧拙を問われる仕事だ。近い将来、最新ソフトの導入とともに人員の削減を宣告されても何の不思議もない。実際、延藤の下で働いていた木澤恭子という部下が寿退社でいなくなってしまったが、未だに彼女の補充はされていない。優秀な人材だったから彼女の抜けた穴は大きい。

「それでもまだ未来の話だからマシだ。こっちは現在進行形だぞ。そもそも紙か電子かという形態の話じゃない。中身が古臭いから、デジタル版になったところで読者を獲得できるかどうか」

「まだ悲観論は続くのか」

「総論賛成各論反対ってところかな。ウチの新聞が若い連中に読まれないのは辛いが、ネットの中で新しい考えや牽引役が生まれるのは悪いことじゃない」

延藤は再びおや、と思う。新聞販売店の店主が天敵であるネットを擁護するとは珍しい。どうした風の吹き回しだろうか。

「慧司は日生大学の中台前理事長の事件を知っているだろ」

「ああ、不正経理に理事長が関与しているんじゃないかと疑われたアレか。それがどうかしたのか」

「結局、中台はネットの批判に耐えられなくなって理事長を下りたが、その後の捜査は進捗しているのか」

「捜査とは何のことだ」

「理事長を下りたからといって、それで幕引きという訳じゃないだろう。本人が不正経理を指示したかどうか、警察の捜査はまだ続いているはずだ」

「何か誤解しているみたいだな。少なくとも警察が中台理事長個人を捜査しているなんて話は報道されていないぞ」

「だからさ」と、半崎は訳知り顔で続ける。

「表向きはノーマークでも、検察か警察が裏を取っている最中なんだろ。そういう話はまず新聞やテレビでは報道されないからな」

延藤自身は二課の捜査員から、中台前理事長の関与はガセであるのを直接訊いている。しかもサイバー犯罪対策課にいる自分には、二課の捜査状況も耳に入ってくる。現状、中台前理事長は潔白であると言わざるを得ない。

だが延藤はその事実を半崎に告げる訳にはいかない。進行中の事件に関することが捜査情報であるのと同様、二課は関与していないと口外することにも問題があるからだ。

「少なくとも俺は聞いたことがないな。どうして日生大学の事件がそんなに気になる」

「本当に知らないのか。ネットでは中台が諸悪の根源だとして独白に捜査網が敷かれている」

旧友の口から胡散臭げな言葉が出てきた。

延藤は悟られないように身構える。

「彼らの捜査が功を奏し、娘をはじめとした一族には鉄槌が下された。中台本人も理事長辞任を余儀なくされた。これは全部、ネットの正義が為し得たことだ。その中心で旗を振っていた人物が誰か知っているか」

「いいや、知らん」

「何だ。刑事の癖にそれも知らないのか。〈市民調査室〉という人なんだ」

覚悟はしていたが、いざ半崎の口からその名が語られると胸がざわついた。ネットの世界で跋扈していた存在が現実世界で輪郭を獲得した瞬間だった。

「とにかく凄い人なんだ。情報収集能力に長けて確固とした信念を持っているのに全然偉ぶらない。人間的に全幅の信頼が置ける」

「実際に会ったり、顔を見たりはしていないんだろ。そんな人間を信じられるのか」

「現実に会っている人間にだって信用できないヤツが山ほどいる」

「〈市民調査室〉というのはアカウント名なんだろ。匿名の人間が言っていることだぞ」

ふっと半崎は不審げな顔をする。

「嫌に突っかかるんだな」

「そういう訳じゃないが、俺はあまり匿名の意見を信用できないんだ。匿名には匿名にしなきゃならない理由がある。本名では都合が悪いから匿名にしているんだ」

「だったら作家なんて、みんな信用がならないじゃないか。本名なんてどうだっていい。社会的に認知されればペンネームだって芸名だって通用するじゃないか」

クリエイターの名前とネットのアカウントを同列に語るのは屁理屈でしかない。筆名や芸名は一種の商標であり、本人が近影やプロフィールを公開している以上匿名性の埒外にあるからだ。だが、それを半崎に説明しても果たして納得するかどうかは甚だ疑問だった。

半崎は〈市民調査室〉について熱弁を振るい続ける。まるで新興宗教に勧誘する信者のように見えて、延藤は切なかった。

「同朗。その〈市民調査室〉とやらを信じるのが悪いとは言わんが、信じるに足る裏付けでもあるのか」

「裏付け」

「例えば情報の出処、ソースだよ。ちゃんとした資料や公式発表に基づいているのかどうか」

「最低限のことはネットで拾い集めたさ。まとめサイトや、バズったツイートや折々の記事。そういうものをひたすら漁ったんだ。結果として〈市民調査室〉さんを信用するしかなくなった」

聞いている傍から危うさが見え隠れする。

事の真偽を判断する時、ネットに情報を求めることほど危険なものはない。ネットには正確な情報と同じ数だけ胡乱な情報が溢れている。偏向や政治的思惑、悪意や誤解や無理解が濾過されないまま吐き出されている。言わば汚染された生態系だ。汚染された生態系の中では情報を探せば探すほどフェイクニュースや陰謀論に触れやすくなる。すると次第に、自分の求める情報しか視界に入らなくなるのだ。

　正確な判断を下すには、信頼できる書籍なり公式記録を閲覧するのが一番確実だ。だが多くの者は面倒臭がって、そんな手間暇をかけようとしない。即時性を求められるＳＮＳの中では尚更だ。気軽に、そして簡便に浚えるネット内の情報に飛びついてしまう。

　サイバー犯罪対策課にいる手前、一般人がフェイクニュースに取りつかれる仕組みは熟知している。論理ではなく感情が先立つので冷静さを失う。腰を据えて考察しようとしないので拙速に走る。辿り着く先は当然砂上(さじょう)の楼閣(ろうかく)に過ぎないから、出自の明確なエビデンスの前では脆くも崩れ去る。

　今、半崎が熱心に語っている言説がまさにそれだった。どうした事情からか、半崎は物事を論理的に考えることを放棄してしまったらしい。

「これは変革なんだよ」

　半崎の熱弁は続く。

「既得権益や既成概念で世界は硬直している。現状を打破するには〈市民調査室〉さんみたいな人を中心にして、世界を変えていくしかないんだ」

「変革ねえ」

　徒(いたずら)に半崎を怒らせるつもりはない。延藤は慎重に言葉を選ぶ。

「言葉を返す訳じゃないが、最たるオールドメディアである新聞を配っている者の言葉としては言行不一致な気がするな。まさか自分の信念を貫くために、配る新聞を替えるつもりか」

「それは、無理だ。まだ今のところは」

悔しさを滲ませて半崎は口を濁す。いっそ、あっけらかんと否定してくれればと思う。

仕事柄、〈市民調査室〉の動向を探っているとは口が裂けても言えない。目の前で友人が蜘蛛の糸に絡め取られても手出しができない。

延藤はすっかり冷めてしまったコーヒーを啜りながら、己の不甲斐なさに腹を立てていた。

3

翌日、延藤は照屋一心の自宅マンションに向かった。

マネージャーの仙田から照屋との面会許可をもらったのが昨夜の九時だった。あまり渋るようであれば半ば強引にでも任意での聴取をするつもりだったので、ちょうどよかった。

当該のマンションは六本木の高級賃貸マンション群の一棟だった。厳重なセキュリティに護られた住まいはさながら現代の城閣だ。

５ＬＤＫの部屋には照屋一心本人と顧問弁護士が待っていた。この期に及んでも弁護士帯同でなければ話もできないのかと苛立ったが、照屋の立場を考慮すればこれが精一杯の譲歩なのだろうと折り合いをつけた。

「警視庁サイバー犯罪対策課の延藤です」

「照屋です。仙田から話は聞いています」

照屋は神妙な態度で一礼した。

「クスリじゃなくて〈市民調査室〉の件を捜査しているんですよね」

「あなたがヘロインを常習しているのは、警察関係者と厚労省地方厚生局麻薬取締部の一部しか知り得ない事実でした。それをどうして〈市民調査室〉が知っていたのか」

「刑事さんは、俺が付き合っていた女たちの誰かがタレ込んだんじゃないかって疑っているんですよね」

「スタジオの隅やロケの現場でヘロインを吸ったことはありますか」

途端に照屋は苦笑してみせた。笑った顔は同性の延藤から見ても確かに魅力的で、さすがに元アイドルと思わせる。

「まさか。いくら常習者だからって、そんなクソ度胸はありませんよ」

「吸引はもっぱらプライベートな場所に限られていたんですよね」

「ええ。どうしても我慢できない時は出先のホテルで吸っていました。でも、ほとんどはこの部屋の中限定ですよ」

「言い換えれば、プライベートで一緒にいた人物に疑いの目を向けざるを得ません」

照屋は腕組みをしてしばらく考え込んでいたようだが、やがてゆるゆると首を横に振った。

「今、過去に付き合った彼女たちを一人一人思い浮かべてたんですけど、駄目ですね。一人もそれらしいヤツに思い当たりません。全員、口の堅い女ばかりで」

「何人いたんですか」

「ざっと三十人」

呆れて口が開きそうになった。

「こういう商売なんで、口が堅いかどうかは最重要の条件になるんです。趣味や見た目とかは二の次三の次。女遊びに限ってはマネージャーが身元調査してからというのが決まりだったんで」

「そんなことまで管理されていたんですか」

さすがに少し同情した。

「大手の事務所ならではですよ。女関係が一番うるさいんですよ。下世話ですけど、やりたい盛りの子をずいぶん抱えているでしょ。そういう坊やたちを野放しにする訳にもいかないんで、マネージャー同伴でフーゾク行かせたりするんです」

「麻薬使用も大したスキャンダルでしょう」

「確かにね」

照屋は皮肉な笑いを浮かべる。癪なことに、これもまた魅力的な顔だ。

「表に出ているイメージの問題ですよ。女性関係のスキャンダルは致命的で、あっと言う間にファンが離れていきます」

「何股かけようと刑法上の罪に問われることはありませんが、違法薬物の所持・使用は一発でアウトなんですよ」

「芸能界は歪なんです。こっちの常識は世間の非常識なんで」

特殊な業界の常識が社会常識と乖離しているのはよくある話だ。これは照屋一人を責めても仕方がないだろう。

「第一、その三十人にしても俺がヘロインを吸っていたのを知らないはずなんです」

「何か根拠でもあるんですか」

「あれを見てください」

照屋が顎で指した先には長いテレビ台があり、その上には不揃いのスプレー缶が数本並んでいる。見れば全て消臭剤と芳香剤だった。

「クスリには独特の臭いがあるんで、吸った後は臭い消しが面倒で面倒で。汗も臭うかもしれないので、洗面所には制汗剤が山ほどあります。部屋に入った人間に気づかれないように、これだけ気を使っているんです」

「だから女友だちにも気づかれないと言うんですか」

「行為の最中にしこたま汗を掻いて、一度だけ怪しまれたことがありました。でも、それでクスリをやっているとは思わないはずです」

照屋の話を鵜呑みにする訳にはいかない。男が思う以上に女の勘は鋭い。彼女たちのうちの一人が〈市民調査室〉と接触した可能性もゼロではない。照屋の女友だち全員の連絡先を聞いた上で素性を確かめるべきだろう。

「マネージャーの仙田さんに気づかれていたとは思いませんか」

「思いません」

照屋は言下に否定してみせた。

「もし彼女が気づいていたとしたら、〈市民調査室〉にタレ込む前に、俺を叱るか張り飛ばすかしますよ。何せ俺は商品ですからね。どこかに売り飛ばす前に、故障した箇所を何とか修復しようとするでしょうね。卵を産む鶏をわざわざ絞め殺すような馬鹿じゃありませんよ、あの人は」

自分を商品や鶏に喩えるほど客観視できるなら大したものだと、延藤は少し感心する。

「それ以外で、〈市民調査室〉に関して思い当たる事実はありませんか。流した情報の精度を考えると、あなたの身近にいる人間である可能性が高い」

照屋は再び考え込む素振りをみせるが、やはり納得がいかないというように首を振る。

「別にね、刑事さん。俺も今訊かれたから考えている訳じゃないんです。パクられて留置場に放り込まれた時から、俺を後ろから刺したヤツは誰だろうかってずっと考えている。でも、マジで一人も思い当たるヤツがいないんですよ」

この男なら、思い当たるフシがあれば警察に告げるより先に自分で報復を考えるに違いない。延藤はそう判断した。いずれにしろ照屋は麻薬取締部と仙田の監視下に置かれている。しばらくは身動きが取れまい。

「では、思いついたら連絡をください」

長居は逆効果なので、延藤はあっさりと切り上げた。

「繰り返しますが、〈市民調査室〉の素性を追うという点で、わたしたちと照屋さんは利害が一致しています」

「呉越同舟ってヤツですか」

「そう捉えてもらっても結構です。これ以上、〈市民調査室〉がのさばり、各方面から持ち上げられるのを見たくないでしょう」

「それはもう」

照屋は初めて首を縦に振った。


その後も延藤は〈市民調査室〉の動向に目を光らせていた。日生大学と国民党について報じてからは尖鋭な内容は影を潜め、食レポや読んだ本の感想を述べるに留まっている。

「しれっと通常運転に戻るのが不気味ですね」

隣席の西條は戸惑いを隠さない。最近は延藤から支援を依頼されて〈市民調査室〉の発言を一緒にチェックしているが、当初抱いていた印象に変化があったと言う。

「何て言うか落ち着き過ぎているんですよ。インフルエンサーだろうが何だろうが、自分の予言が的中したり投稿がバズったりしたら、しばらくは悦に入るもんじゃないですか。俗なヤツならフォロワーに対して先見の明をひけらかす。ところが〈市民調査室〉には、そういう素振りが全くないですね」

「同感だ。単に冷静というんじゃなく、殊更煽る時とそうでない時の切り替えが早い。意識的にやっているのだとしたら不気味に感じる」

「確かに。でも現状、〈市民調査室〉はただのインフルエンサーですからね。特定の個人や団体を誹謗中傷した訳でも業務妨害をした訳でもない。照屋のヘロイン使用だって、噂を拡散しただけならともかく、実際に逮捕されたんだからデマにはならない」

「立ち回りが上手い。だからこそ、平穏であっても油断できないところがある」

「嵐の前の静けさってやつですか」

西條は軽口めいた言い方をしたが、何故か延藤は背中に冷たいものを感じていた。

二日後、延藤の危惧していたことが現実となった。それまで旅行の感想を上げていた〈市民調査室〉が宿泊した宿の優劣に関して、特定の旅館の名前を挙げたのだ。

『最近では熱海の〈雅楼園〉に泊まりました。坂道を上り、喧騒から離れた旅館は絶好のロケーションです。温泉に浸かると骨までとろけそうになるので、わたしはずっと前から利用しています』

ここまでは単なるレポートだったが、俄に内容が不穏さを帯びてくる。

『しかし今回残念だったのは、明らかに食事の質が落ちたことです。たとえば夕食の品数自体は減っていないのですが、一つ一つ素材の味が落ちている。きっと材料費をケチったのでしょう。仲居さんにそれとなく尋ねてみると、料理長が替わったみたいです』

『わたしが泊まったのは五月、旅行シーズンの真っ只中だったんですが、わたし以外の客はほとんど見かけず。貸し切りみたいになったのは嬉しいけれど、ちょっと複雑な心境になりました』

『老舗の温泉旅館にも拘わらず、細かいところで綻びが生じている。わたしに限らず多くのお客さんがその変化を察知しているのではないでしょうか。そう言えば最近も仲居さん絡みで炎上騒ぎがありましたね』

『気になって〈雅楼園〉の客室稼働率を調べたのですが、ここ最近は20パーセントを割り込んでいるのです。今までインバウンド需要で何とか維持してきたのが、コロナ禍でめっきり減ってしまったのだと思われます』

『実はこの20パーセントというのは経営的な危険水域をとっくに突破しているんです。客が来なければ旅館は潰れる。当たり前の話です』

『こういう時に頼りになるはずの銀行ですが、〈雅楼園〉の場合期待はできません。ここのメインバンクは熱海の地銀なんですが、この地銀にしても融資先の地元企業がどんどん破綻していって貸倒(かしだおれ)が膨らんでいる始末です』

『信じられないという人は熱海にある金融機関の上半期の業績予想を参照してください（業界紙か経済紙を）。わたしの言っていることが事実であるのが分かるはずです。既に銀行自体でリストラが始まっているという噂があるくらいです』

『メインバンクには、もう資金を融通する余力は残っていません。資金が不足すれば従業員に給料が払えず（料理長が交替した理由はこれかな？）、館内の設備が老朽化しても修繕できなくなります。つまり、ますます客離れが加速していくことになります』

『近いうちに〈雅楼園〉は収益悪化と資金不足で廃業する見込みです。静かな老舗旅館の佇まいを楽しめるのは今だけです。かつてのサービスまでは望めませんけど、皆さんも挙って泊まりにいきましょう』

投稿の内容を読み終えた延藤は、己の予感が的中したのだと思った。

すぐに関連キーワードを叩くと、〈市民調査室〉のツイートのリツイートが燎原の火のように燃え広がっていた。〈雅楼園〉廃業の可能性について、既にいくつかのまとめサイトまで立ち上がっている。

まずい。

複数のまとめサイトが立ち上がれば、当然『雅楼園廃業』というワードが注目される。興味を抱いた人々が閲覧回数を増やし、トピックスに上がる。そうなればテレビが食いつくのは時間の問題だった。

照屋一心のスキャンダルで痛手をこうむるのは照屋本人と事務所、そして彼のファンたちだが、老舗旅館が廃業するとなれば経営者と従業員、出入の業者を含めれば数多くの関係者が巻き込まれる。人的被害と経済的被害は計り知れない。

しばらく延藤は席を立つことができなかった。

＊

「八幡(はちまん)の間、御造り上がりました」

「ブイヤベース、足りてるかあっ」

「玉蜀黍(とうもろこし)とムール貝のバター釜炊き御飯は伊豆の間じゃないのか」

厨房を覗いた和泉(いずみ)は配膳が滞っていないのを確認して膳を運ぶ。一般室の泊り客は食堂でディナービュッフェを楽しんでもらうが、特別室の客には料理長自慢の和洋創作料理を部屋で振る舞う。供する食事で一般室との差別化を図るという試みは今のところ成功しており、特別室は一カ月先まで予約で埋まっている。

桜庭(さくらば)和泉が老舗旅館〈雅楼園〉の女将に就任したのは四十歳の時だった。まだ女将には早いと我ながら思ったが、先代が夫婦揃って土砂崩れに巻き込まれて死亡したので他に選択肢がなかった。和泉も相当にショックを受けたが、百年以上も続く老舗の暖簾と桜庭観光グループの二百人以上の従業員を放っておく訳にはいかない。ふとした折に挫けそうな心に鞭を打ち、婿入りした良市(りょういち)を支配人に据えて旅館経営を引き継いだ次第だ。

思えば最初から苦難の連続だった。若女将として現場には慣れていたものの、女将の仕事は予想以上に多忙と困難を極めた。事務処理は言うに及ばず、予約や電話応対、宿泊客の案内と料理の配膳。従業員の教育と労務管理、稼働率を高めるための客室販売、宿泊予約サイトや広告メディアの厳選、観光案内に設備・備品の維持管理。加えて新規顧客開拓のための宣伝やイベントの企画、そして売上金の管理と出納業務。最後にアンケートの集計とクレーム対応。一日が終わると泥のようになって眠る。母親の働く姿を見ていたが、見るとするとでは天地ほどの差があった。

それでも数年でどうにか板についてきた頃、新型コロナウイルスの流行により宿泊客は激減し、収益は前年の二割にまで落ち込んだ。ようやくコロナ禍も落ち着き客が戻り始めたと思ったのも束の間、今度は熱海を土石流災害が襲った。行楽シーズン間近、交通網は寸断され宿泊キャンセルも相次いだ。

泣きっ面に蜂とはこのことだ。いったい自分たちが前世でどんな悪行を重ねたと言うのか。神様とやらが存在するのなら胸倉を摑んで問い質したいところだ。

今年のゴールデンウィークは久々に活況だった。巣籠りの生活に倦み飽きた首都圏の客が近場のリゾートを求めて集まってくれた。

和泉は特別室のフロアを出るとエレベーターでフロント階に向かう。フロントを横切って奥に進むと支配人室だ。

ドアを開けると良市がこちらに背を向けていた。後ろから覗き込むとパソコンで帳簿をつけていた。

「お疲れ様」

「ああ、お疲れ。どうした」

「ちょっと息抜き」

そうか、とだけ答えて良市は再びキーを叩き始める。和泉はその背中を眺めているだけで安らいだ気分になる。

和泉にとって幸運だったのは、良市がよくできた旦那で度重なる試練にも愚痴一つ言わず耐えてくれたことだ。もし良市が挫けていたら、和泉もここまで頑張れなかっただろう。

「相変わらず特別室は大盛況」

「よかった」

そうは言うものの、良市の口調は弾まない。今月に入って客室の稼働率は九割を超えているが、来月の予約数が伸び悩んでいる。三カ月先まで予約が埋まっていた以前と比べれば窮状は明らかだ。

「夏休みが近づいているのに、まだ予約は三割程度に留まっている」

「八月に入れば満室になるわよ、きっと」

「そうだといいが」

良市はどちらかと言えば悲観的なものの見方をする男で、だからこそ経営者に向いている。空元気だけが取り柄の自分には到底務まりそうにない。

「お茶、入れるね」

元々無口だったが、経営を任されるようになってから更に口数が減った。今は少しでも憩いを与えてやりたい。だが、良市の性格を考えればそれも難しいだろう。

「……何も、こんな時に限ってトラブルが起きなくてもいいのに」

良市の背中を見ていたら、自然に口をついて出た。良市がこぼさない分、自分が愚痴っぽくなる。従業員の前では控えているが、二人きりになった途端に口が開く。

「折角、これからが書き入れ時なのに」

「全くだ」

良市も小さく頷く。本来ならトラブルとも言えないような出来事だが、時期が時期だけに水を差す結果になりかねない。

トラブルとはこういう内容だ。ゴールデンウィークで一時客足が戻ってきた際、一般室の酔客が部屋係の仲居に難癖をつけてきたのだ。

他の客で込み合うビュッフェなんていけるか。料理代を上乗せするので、自分の部屋にも特別室と同じ料理を提供しろ。

自慢の和洋創作料理は特別室のみのメニューであり、わがままを許してしまえば部屋ごとの料金体系が意味をなさなくなる。やんわりと拒絶したところ、この酔客は仲居の袂の端を摑んだ。咄嗟に振り払おうとした手が勢い余って酔客の頰に触れたという顚末だった。

酔客は仲居から暴力を振るわれたと因縁をつけてきた。良市が毅然とした態度を示してくれたお蔭で事なきを得、警察沙汰にもならなかった。

問題はその後だった。宿を出た酔客はすぐさま『仲居から理不尽な暴力を受けた』とSNSに投稿したのだ。〈雅楼園〉は濡れ衣も甚だしかったが客商売である手前、沈黙を守っていた。

だが酔客の投稿は瞬く間に拡散し、旅館には投稿を信じた者たちの誹謗中傷が寄せられた。

ネットでの炎上がテレビのワイドショーで取り上げられるに至って、さすがに良市が事の経緯をインタビューで説明したものの、ネット民たちは納得しようとせず、今も火が燻っている。

「ネットで騒いでいる人たち、一度でもウチに泊まりにきてくれればいい。そうしたら誤解なんて一発で解けるのに」

「いいな、それ」

良市がキーを叩く手を止めた。

「ネットで〈雅楼園〉を叩く人に一割引きで泊まってもらう。泊まり心地が良かったら必ず高評価のレビューを上げてもらうのを条件とする」

口ぶりから冗談なのだと分かる。だが良市が軽口を叩くのは非常に珍しい。あまり珍しいので、一瞬不安が過ったほどだ。

和泉の表情を読み取ったらしく、良市は弁解気味に笑ってみせた。

「半分は冗談だが半分は本気だ。炎上に加担する人が総じて情報不足なのは和泉の言う通りだよ。だから〈雅楼園〉の良さを知ってくれれば、すぐに手の平を返すように褒めちぎってくれる」

「仮に一割引き、ううん、二割引きにしても一般室が満室になってくれれば充分元は取れるわね」

瓢箪から駒ではないが、少し考えると妙案のように思えてきた。

「炎上騒ぎを取り上げたワイドショーがまた関心を持って取材してくれるかもしれない。宣伝にもなるし、炎上に加担した人の中から新しい常連さんが出てくれれば願ったり叶ったりよね」

　喋っているうちにだんだんその気になってきた。想像力がたくましく、思いついたら後先考えずに走り出してしまうのが和泉の悪い癖だった。

「炎上騒ぎを逆手に取るのは悪い考えじゃない。問題は二割引きで泊まろうとするお客がどれだけいるかだ。一泊大人二人で税抜き五万五千円、二割引きで四万四千円。風評を確かめるために四万四千円を払ってくれる人が何十人何百人いるか」

　良市の懸念はもっともだった。コロナ禍によって収入減を余儀なくされているのは〈雅楼園〉だけではない。元より老舗の高級旅館で名を売っているので基本料金が高めに設定されている。特別室も一般室も、常連になる顧客は自ずと懐が温かい層になる。逆に言えば、懐具合がお寒い者たちが、どれだけ企画に乗ってくれるかは甚だ心許ない。

「現状はただの思いつきだ。もう少し練ればいいんじゃないのか」

　和泉の逸る気持ちを知った上で適切な提案をしてくる。我ながらいい関係だと思う。

「そうね。一度仲居の意見も聞いてみる。炎上騒ぎで一番心を痛めたのは彼女なんだし」

「うん」

　だがゆっくりとはしていられない。サマーシーズンは目の前に迫っている。集客キャンペーンを張るのであれば今から仕掛けておかなければ到底間に合わない。

時折、〈雅楼園〉が従業員数人の小所帯なら楽なのにと思う。乱暴な考えだが、家族経営の宿なら、いざとなれば畳んでしまえばいい。良市と一緒なら何をしても食べていける自信がある。だがグループ傘下に何軒ものホテルや旅館を擁する〈雅楼園〉ではそうもいかない。良市と和泉の肩には二百人を超える従業員とその家族の生活がかかっているのだ。

「でもあなた、よく支配人の話、承諾してくれたよね」

「何だよ、藪から棒に」

先代夫婦が急逝した時、良市はまだ経理課長に過ぎなかった。若女将から女将に昇格した和泉はさておき、経理課長から支配人への抜擢は役員会でも難色を示す者がいたくらいだ。

一介の課長職がいきなり経営を任されたのだから気苦労も多かったに違いない。事実、支配人に昇格してから良市の睡眠時間は激減した。白髪が増え、心なしか頰の肉も落ちた。

「急に責任が重くなっちゃったでしょ。〈雅楼園〉は大所帯で従業員の数も半端じゃないし」

「グループ企業といっても、基本は独立採算制だからな。俺は〈雅楼園〉本体の経営に注力すればいい。経理課長の時分に学んだことはちゃんと今に生きている。お前が心配するほどじゃない」

自分が瀬戸際に立たされても、常に和泉や従業員を気遣ってくれる。連れ合いとして誇らしい気持ちもあるが、少しは自身を優先してほしいと思う。何もかも一人で背負ってしまおうとするのが、良市の数少ない短所の一つだった。

「そんなに心配してないわよ。だって、〈雅楼園〉の支配人さんはとびきり有能なんだもの」

「恥ずかしいからやめてくれ」

そろそろ特別室の膳を片づける頃合いだ。

「じゃあ戻るから」

ひと声かけて支配人室を出ようとしたその時だった。

「何だ」

背中で良市の驚きとも呻きともつかない声が上がる。振り返ると、良市はパソコンの画面を見て凝然としていた。

「どうかしたの」

「株価が」

ひどく嗄(しわが)れた声だった。

「〈雅楼園〉の株価が変な動きをしているんだ」

4

六月第二週の金曜日、東証スタンダード市場である銘柄が異常な値動きを示した。桜庭観光グループの中核を担う〈雅楼園〉株が前場(ぜんば)の立会からみるみる値を下げ、引けの三十分前にストップ安となったのだ。後場(ごば)が明けても売り注文が続き、大引けを迎えても値がつかない有様だった。

二〇二二年四月より株式市場では東証一部二部等の区分が廃止され、代わりに次の三区分に再編された。

プライム市場：グローバルな投資家との建設的な対話を中心に据えた企業向けの市場

スタンダード市場：公開された市場における投資対象として十分な流動性とガバナンス水準を備えた企業向けの市場

グロース市場：高い成長可能性を有する企業向けの市場

大雑把に言ってしまえばプライム市場は機関投資家向け、スタンダード市場は一般投資家向け、グロース市場はベンチャー企業が対象の区分となる。従って〈雅楼園〉の株を扱うスタンダード市場の売買は一般投資家の動向と言っていい。

同株のストップ安について市場関係者は、コロナ禍における観光業の先行き不透明感を挙げたが、あくまでも正式発表の範疇を超えたものではない。一般投資家が売りに走ったのは、SNS上で囁かれた一つの言説が原因だった。

『近いうちに〈雅楼園〉は収益悪化と資金不足で廃業する見込みです』

通常であれば取るに足らない噂と片づけられるはずの情報が、一般投資家たちを売りに走らせたのには理由があった。

まず〈雅楼園〉の前年度決算が前々年度のそれを大きく下回っていることだ。緊急事態宣言の発出によって旅館業は大打撃を食らっていたが、高級旅館として客単価の高い〈雅楼園〉はひときわ痛手をこうむっている。人件費と設備費が売り上げを圧迫しているのは誰の目にも明らかだった。

第二に風評の悪さがある。五月、利用客の告発によって発覚した、従業員による暴行事件は警察沙汰にならなかったものの炎上騒ぎを起こし、未だに余波が残っている。ただでさえ客足が鈍っているのに、従業員が暴力を振るうような旅館に泊まりたがる者は多くない。

第三に、情報元の信頼性だ。最初に〈雅楼園〉廃業説を発したのは〈市民調査室〉なる人物だが、以前より情報通のインフルエンサーとして知られ、フォロワー数も信頼度も群を抜いていた。あるアナリストは、〈雅楼園〉株を所有していたフォロワーが件の言説をきっかけに売りに走り、他の株主が売りの激しさに疑心暗鬼になったのではないかと分析した。

延藤はこのアナリストの分析がキーポイントだと考えた。アナリストは株価に関する情報は分析できるが、フェイクニュースの見極めまでは行わない。株価変動の要因となる情報は重要性と緊急性が優先され、その真偽は二の次だからだ。

ともあれこれらの要因が重なり、〈雅楼園〉株は売られに売られた。〈雅楼園〉並びに桜庭観光グループ関係者は顔色(がんしょく)を失くしたが、同旅館の災難は当日だけで終わらなかった。

〈雅楼園〉株暴落のニュースを知った延藤は、事態の急展開に言葉を失いかけた。〈市民調査室〉が〈雅楼園〉の廃業を予告してまだ二日しか経っていないというのにこの有様だ。しかも今日は金曜日で、市場は明日から二日間休みとなる。その二日の間に風評が収まるかどうか、また一般投資家たちの心理がどう変化するかは誰にも予想できない。

「風雲急を告げる、か」

　延藤は己のデスクで呟く。幸い、聞いていたのは西條だけだった。

「しかし根も葉もない噂なら、すぐに鎮静化するんじゃないですか。株式市場がデマで紛糾するのは特段珍しいことじゃないでしょう」

「業績が好調な企業ならな。デマだということはすぐに発覚するから大事には至らない。しかし元々コロナ禍で大打撃を受けている旅行会社やホテル・旅館は現状、青息吐息のところがほとんどだろ。売られる対象であるのは間違いない。デマが発端で売られたとしても、ある局面からきっかけが何であったかなんてどうでもよくなる」

「まさか」

　西條は笑ったが、延藤は否定するつもりで首を横に振る。

「機関投資家なら情報の蓄積があるからまだ冷静に対処できる。だが個人投資家の多くは精緻な情報を持っている訳じゃない。精々チャートを読むのが関の山だ。売りが殺到したら群集心理が働いて皆の逃げる方向に逃げる」

「そんなものなんですか」

「機関投資家ってのは暴落が起きても最小限の損失で済むように各種のリスクヘッジをかましている。だけど個人投資家にそんな資金力はない。いきおい性急な行動に出やすい」

「個人投資家ってのはあまり賢くないんですね」

「賢くないんじゃない。機関投資家は所詮会社のカネだから客観的になれるってだけの話だ」

「だったら〈雅楼園〉株も機関投資家が保有している限り、下落に歯止めがかかるでしょう」

「どうだかな」

既に延藤は〈雅楼園〉の発行済株式数を確認していた。元は二部上場の銘柄だったせいもあり五千万株しかない。機関投資家よりは個人投資家が扱うレベルだ。

「〈雅楼園〉の銘柄を扱っているのは個人投資家のひしめき合うスタンダード市場だ。機関投資家の下支えは期待できない」

話している最中から自覚していた。

延藤が熱に浮かされたように喋り続けているのは、そうすることで不安を誤魔化しているからに相違なかった。かたちを持たない〈市民調査室〉という存在が現実世界で輪郭を獲得し、とうとう跳梁跋扈（ちょうりょうばっこ）し始めたのだ。

「ともかく、これで〈市民調査室〉を追う大義名分ができた。〈雅楼園〉に対する信用毀損罪及び業務妨害罪でヤツを引っ張れる」

今回、〈市民調査室〉が流布させたデマは信用及び業務に対する罪の要件に合致している。信用毀損罪は親告罪ではないので刑事告訴が可能となっている。

「でも、確か三年以下の懲役又は五十万円以下の罰金でしたよね。軽くないですか」

「〈雅楼園〉側が風評被害に対する損害賠償と慰謝料請求の民事訴訟を起こしてくれれば、〈市民調査室〉に相応の罪を償わせることができる」

まず課長に経緯を説明した上で、正式に捜査に着手するよう進言する。ＳＮＳ上のデマが株式市場にまで影響を及ぼしたとなれば、課長も重い腰を上げざるを得ないだろう。

正式な捜査になれば〈雅楼園〉側の事情聴取も必要になってくる。投稿の内容を見れば、〈市民調査室〉が当該旅館を五月に利用したことが窺える。つまり五月中の宿泊客を一人一人洗っていけば犯人に行き着くはずだ。

延藤は追われるように席を立つと、課長室へと急いだ。

＊

金曜日の株価急落から〈雅楼園〉を巡る状況が一変した。

翌日、新聞とテレビ局から早速取材の申し込みがあった。良市は一社ごとに丁寧に対応し、廃業の惧れは万に一つもないと力説したが、報道陣は誰一人として納得した顔をしなかった。それどころか、良市の口から弱音を吐き出させようとあれこれ質問を繰り出してきた。

午前中に外出し、夕方には疲労困憊の体で帰宅する日々が始まった。行き先は旅行会社や予約サイトの運営先といった債権者たちだが、一番足繁く通ったのは銀行だろう。メインバンクの熱海銀行だけではなくそれ以外の金融機関を行脚しているのは、無論資金繰りのためだ。コロナ禍で収益が激減しても従業員をクビにすることができず、内部留保もすっかり吐き出したので銀行から融資を受ける必要がある。だが熱海市内のホテル・旅館はどこも資金調達に難儀している。いかに老舗の高級旅館といえども〈雅楼園〉が無条件で優先される訳ではない。

良市が資金繰りに奔走する一方、和泉は宿泊キャンセルの対応に忙殺されていた。前日以前の取り消しなのでキャンセル料は発生しない。宿側から理由をしつこく訊くのもご法度だ。だが三十件目のキャンセル電話に対応していた時、さすがに辛抱できなくなった。

「あの、お差し支えなければキャンセルの理由をお教えいただけませんでしょうか。今後の参考にさせていただきますので」

『こちらの都合、だけじゃダメですか』

「より詳しくお聞かせいただければ有難いです。お部屋に対するご不満でしょうか。それともお料理でしょうか」

『いえ。リピーターなので不満はありませんよ。特別室は風呂つきで深夜でも入れるし、創作料理は行く度にメニューが替わって飽きないし』

「では、どうして」

『うーん。どうしても言わなきゃいけませんか』

「できれば」

『そうだなあ。うん、不満はないけど不安がある。そういうことで勘弁してください』

婉曲的な表現だが、口ぶりから廃業のニュースを知って心変わりしたのは明白だった。

「ありがとうございます。またのご利用をお待ちしております」

電話を切ると、身体中から力が抜けた。予想していたこととは言え、客の声を直接聞くと応えるものがある。感染症の流行から二年、苦労が徒労にしか終わらないとなると、人はこれほどまでに落胆するものなのか。

　しばらく気落ちしていると副女将が寄ってきた。

「警察の方がお見えです」

　キャンセル客の次は警察か。対応を替わってほしかったが、副女将もキャンセル客の対応に追われている。ここは自分が引き受けるしかない。

「お通ししてください」

　遠慮がちに姿を現したのは、ひどく腰の低い男だった。警察官とは思えない物腰に少し好感を抱いた。

「警視庁サイバー犯罪対策課の延藤です」

　時折刑事ドラマを観るが、サイバー犯罪対策課というのは初耳だった。念のために警察手帳を見せてもらった。手帳というよりは身分証で、二つ折りの上は証票、下半分は記章になっている。

「実は〈市民調査室〉という人物について伺いたく参りました」

　名前を聞いた途端、怒りを思い出した。

「今更ですか」

　つい言葉が尖ってしまった。謝ろうとしたが、先に延藤が頭を下げてきた。

「〈雅楼園〉さんの置かれた状況は承知しています。以前から〈市民調査室〉を追っていましたが、被害の拡大を止められませんでした」

「それは、今からなら止められるという意味でしょうか」

「そのために参りました」

商売柄、人を見る目は肥えている。どうやら延藤という男は生真面目過ぎて損をしている人物のように見える。

「お話を伺いたいのですが、支配人はいらっしゃいますか」

「支配人は不在にしていますが、お客様についてはわたしの方が詳しいお話ができると思います」

「それは有難いですね」

延藤の話によれば、最近ヘロイン使用でスキャンダルを起こした照屋一心の件でも〈市民調査室〉が関与しているらしい。

「これまでただのインフルエンサーだったのが、遂にフェイクニュースを流し始めました。もちろん〈雅楼園〉さんの件です」

「不思議なんです。いったいどうしてウチに廃業なんて噂が立って、それを信じる人がいるのか。ゴールデンウィークは活況だったんですよ」

「〈市民調査室〉のやり口は狡猾でした。〈雅楼園〉さんは以前にトラブルめいたことが拡散されたでしょう。従業員が宿泊客に暴力を振るったという」

「あれは、酔っていたお客様が仲居の袂の端を摑んで、咄嗟に振り払おうとした手が勢い余って頰に触れただけです」

「それでもネットでたちまち拡散した。嫌な言い方ですが、ネットには不満を抱えて鬱屈した者が多数存在しています。そういう人間にしてみれば、普段自分とは縁のない高級旅館に不手際があれば拍手喝采なんです。雲の上の存在だった芸能人のスキャンダルを楽しむのと同じ構図ですよ」

〈雅楼園〉が高級旅館として存在するのはグループ傘下の旅館と差別化を図るためであり、良市や和泉に選民意識などない。勝手に敵視されるのは迷惑以外の何物でもなかった。

「〈市民調査室〉の狡猾な点は、〈雅楼園〉さんがネットで叩かれていた頃デマを流したことです。従業員が暴力を振るった高級旅館が廃業に追い込まれる。それまでこちらを攻撃していた者、劣等感や嫌悪感を抱いていた者にとってはまさに正義の鉄槌が下ったという見方です。それで拡散する」

「そんなにウチを憎んでいる人がいるんですか」

「ネットでその類のデマを流すのは全体の五パーセントに過ぎません。炎上を起こすのも、その五パーセントと言っていいでしょう。しかしその五パーセントが目立つので数が多く見えてしまう。おそらく〈市民調査室〉はそうしたノイジー・マイノリティの気質を熟知した上で利用しているのだと考えられます」

延藤の説明は、腑に落ちないまでも和泉には充分理解できた。何のことはない。自分たちの知らないところで勝手に敵認定されているだけだ。要するにとばっちりではないか。

「ツイートを信じる前提で言えば、〈市民調査室〉なる者は五月中にここを利用しています」

「宿泊者名簿を見せろということですか」

「〈雅楼園〉さんから被害届が出ていなくとも、現時点で信用毀損及び業務妨害という犯罪が成立しています。もちろん犯人が検挙された際には、〈雅楼園〉さんが損害賠償請求の訴えを起こすことができます。捜査にご協力いただけませんでしょうか」

自分たちにいわれのない損害を与えた犯人だ。憎んでも憎みきれない。だが宿泊者名簿は第一級の個人情報でもある。お得意様の中には、お忍びで利用してくれる顧客もいる。

「絶対に提出しなければなりませんか」

「あくまでもご協力をいただくかたちです。口頭での依頼に応じるのが難しいと仰るのであれば、正式な照会書を発送します」

「口頭でも文書でも同じことでしょう。今は支配人が不在です。わたしの一存では決めかねますので、少しお時間を頂戴できますか」

「もちろんです」

延藤は警察手帳から名刺を一枚抜いて差し出した。

「ご一報いただければ、すぐに参上します」

名刺の出し方一つにも性格が出る。ここでも遠慮がちな延藤を、和泉は信用したくなった。

「今まで〈市民調査室〉はフォロワーの煽動にことごとく成功しています。成功し続ける者は途中で止めようとは思いません。必ず次の獲物を渉猟しているはずです。〈雅楼園〉さんの協力で次の被害が防げるかもしれないんです」

最後の言葉は和泉の胸に強く響いた。

延藤が立ち去ってから、和泉は支配人室でぼんやりと考える。犯人が判明すれば損害賠償請求が可能と言われたが、和泉たち〈雅楼園〉のこうむった損害は何百万円、あるいは何千万円という単位になる。仮に民事訴訟で勝ったとしても個人に払える金額ではない。一罰百戒で、今後の類似事件を抑止する効果はあるかもしれないが、和泉たちは悔し涙に暮れるしかない。

無敵の人というネットスラングがある。社会的に失うものがないため、躊躇なく罪を犯してしまう人という意味で、和泉は嫌な言葉だと思っていた。だが実際に自分たちが巨額な損失をこうむっているのに、相手からは何も奪い返せないのは理不尽の極みだ。

何が無敵の人だ。

人の怨みで焼き殺されるがいい。

嫌な思考回路に入っていると、ドアを開けて良市が入ってきた。

今日は早かったのね、と掛けようとした言葉が喉に詰まった。

良市の顔には生気がなかった。

肩を落とした姿はまるで幽鬼のようだった。

ただいまの声もなく、近くにあった椅子に腰を下ろす。いや、落ちると言った方が適切な表現だった。

ただならぬ様子に和泉が駆け寄ると、良市はゆっくりと頭を上げた。外回りが不首尾に終わったくらいで、こんな有様になろうはずがない。

何が起きたのか訊くのも憚られた。

「熱海銀行に、行ったんだけど」

本日、メインバンクに追加融資の申し込みをする件は良市から聞かされている。

「断られたのね。まあ予想はしていたよ」

「断られるよりひどい目に遭った。今月期限の貸付分だけでも返済してくれと言われた」

一瞬、声が出なかった。

「そんな。今まで利息を支払えば元金分の返済は延長してくれたのに」

「コロナ禍という特殊事情から特例を続けていただけだって言うんだ。銀行側も地域経済が落ち込んでいるから、これ以上無理はできないらしい。ウチの株が暴落したのも痛い。熱海銀行もウチの株を持っているからな」

「今月内に返せって、あと二週間しかないのよ」

「風評被害で来月以降の予約がほとんどキャンセルになっているのを、銀行側も把握していた。七月八月と収益が見込めないなら回収不能と踏んだんだろう。いつもはホトケ顔の担当者が、今日に限って無表情だった」

良市は独り言のように呟く。

「あれが本来の銀行マンの顔なんだろうな」

「今月期限の貸付金って確か」

「一億五千万円だ」

一億五千万円。通常なら決して返せない金額ではない。だが手元に資金がなく、宿泊客のキャンセルが続く中で捻出できる現金は多くない。

「俺とお前が保有している株式を売却しても焼け石に水だ。今やウチの株は紙切れ同然だからな。これがＳＮＳで炎上する前の株価だったら、まだ何とかなった。宿泊のキャンセルもなかった。つくづく〈市民調査室〉とかいうヤツが憎らしい。この手で首を絞めてやりたい」

思わず夫の顔を見つめた。温和な良市の口から他人への憎悪を聞かされるのは初めてだった。

「他の銀行に肩代わりをお願いしてみたら」

良市は哀しそうに笑ってみせる。

「一千万円の融資に渋い顔を見せる銀行が一億五千万円も貸してくれるか。旅館自体が第二抵当まで入っている。熱海銀行からも担保余力はないと言われた」

「期限までに一億五千万円を返済できなかったらどうなるの」

「抵当権を実行されるだけだ。数週間の猶予はあるだろうけど結局は競売に回る。いや、第一抵当権者としては手間暇のかかる競売よりは、廃業か破産を提案してくるだろう。〈雅楼園〉を二束三文で買い叩いた挙句、経営陣総とっかえでリニューアルオープンした方が今後を見込める」

「銀行がそんな阿漕な真似をするなんて考えられない」

「闇金にノンバンク、金融機関にも色々あるが、一番情け容赦ないのは銀行だ。阿漕な真似をしたって何もおかしくない。財務を担当して毎日のように銀行と折衝していたら、そう思えてくる」

良市は昏(くら)い声で笑みを浮かべる。夫がこれほど不気味に見えたこともない。

「じゃあ、どうするの」

問われた良市は笑うのをやめた。

こちらに向けた顔は蒼白になっていた。

「たった一つだけあるんだ。すぐに一億五千万円を工面する方法が」

＊

二日後、〈雅楼園〉裏にある森の中で桜庭良市・和泉夫妻の心中死体が発見された。

傍らに残された遺書には、自分たちの死亡保険金を借金の返済に充ててほしい旨が記されていた。

三　タグ付け

1

『関係者各位
　突然このような不様を晒すことになってしまい、大変申し訳ございません。私たち夫婦は従業員の皆さんとともに〈雅楼園〉を盛り立ててまいりましたが、降って湧いたような風評とそれにまつわる有形無形の損害により、廃業寸前にまで追い詰められました。

　従業員の皆さんは何も悪くありません。コロナ禍のせいでもありません。全て私たち夫婦の至らなさが招いた結果でございます。

　幸い、私たちは生命保険に加入しており、何かありましたら保険金を負債に充ててくださいますよう、切にお願い申し上げます。

　それにつけても口惜しいのは根も葉もない風評でございます。旅館業全体が窮地に立たされた中、それでも〈雅楼園〉は上向きかけていたのに、全てをあの風評がご破算にしてくれました。風評を広めた方々を恨みます。私たち夫婦とも血の涙を流す思いでございます。〈雅楼園〉を引き継ぐ皆様におかれましては、くれぐれもいわれなき風評やデマ、誹謗中傷に挫けぬよう、助け合って強く生きてください。

皆さんのお蔭で私たちは幸せでした。

今までありがとうございました。

桜庭良市
和泉』

通常、遺書の内容が公開されることは少ないが、桜庭夫妻の場合は遺族の希望で各マスコミにコピーが配布された。夫妻の無念を広く知ってもらいたいがための決断だったという。遺族たちの取った非常手段はマスコミ各社を動かした。夫妻の遺書はネットニュースやワイドショーで取り上げられ、世間の耳目を集めることに成功したのだ。

夫妻の無念が拡散されると、たちまちフェイクニュースを捏造した者と拡散した者たちへの批判が湧き起こった。だが捏造元とみられる〈市民調査室〉の熱心なフォロワーたちや拡散した者たちの中には反論を試みる者が少なくなかった。

『風評被害と言うけれど、結果的に旅館が廃業寸前に追い込まれていたのは事実。現に遺書でも自分たちの至らなさが原因と明言しているじゃないか』

『実際、株価の下落は投資家の冷静な判断によるもの。株価の暴落した企業にカネを貸す銀行もない訳で、結局は〈市民調査室〉さんの予言が的中しただけの話。みんな、何をそんなに興奮しているの？』

『商売が左前になって自殺する店主なんていくらでもいる。今回は遺書が公表されたから異常なくらいに同情が集まっているだけなんだって』

一方、〈市民調査室〉は普段通りのツイートを続けている。批判のツイートなどは気にかけていないように思える。

ＳＮＳ上の論議は相手の顔が見えないせいか甲論乙駁になりやすい。そもそも発信者の誰もが素性不明では責任を追及しようがない。桜庭夫妻の無念を晴らそうと息巻く者には隔靴掻痒の感が拭えなかった。

だが見ず知らずの者よりも切歯扼腕していた男がここにいる。

公開された桜庭夫妻の遺書を読んでいた延藤は、いつの間にか奥歯を強く噛み締めていることに気づいた。

文面を考えたのは良市だろうか、それとも和泉の方だろうか。いずれにしても認めた当人の人となりが偲ばれる文章で、胸が搔き毟られる思いがする。

早まったことをしてくれたな、桜庭さん。

延藤は申し訳なさと自己嫌悪で、このまま消えてしまいたいとさえ思った。ようやく〈市民調査室〉を本格的に追跡できると意気込んだ矢先の犠牲者だったので、出鼻を挫かれた感がある。だが、何よりも〈市民調査室〉の被害から救うと決めた相手に死なれるのは、己の不甲斐なさを見せつけられるようで辛かった。

鬼頭課長から呼ばれたのは、ちょうどその時だった。何の用向きかは薄々分かっているのでさほどの唐突感はない。

ドアを開けると、鬼頭は普段にも増して気難しげな顔をしていた。

「とうとう人死にが出てしまったな」

やはりその話題か。

「〈雅楼園〉を訪ねたそうだな」

「二人が心中する二日前、捜査の協力をお願いしました」

「協力を得る前に逝かれたか」

その後に続く言葉が、延藤への罵倒であるのは容易に想像がついた。

「〈市民調査室〉の調査はどこまで進んでいる」

「海外サーバーを辿る作業を継続中ですが、まだ尻尾は摑んでいません」

「西條も支援に回っているのにか」

西條は上からの覚えめでたいが、生来の器用さが災いして遊軍扱いされている。器用貧乏というのは西條のためにあるような言葉だ。

「西條だけで追いきれるものではありません。負け惜しみに聞こえるかもしれませんが、〈市民調査室〉は予想以上に周到で用心深いヤツです」

鬼頭は延藤の焦燥を見越したように傲慢な視線を投げて寄越す。

「日生大学前理事長中台氏から捜査の進捗について問い合わせがあった。被害者であってもいちいち報告する義務はないが、電話を受けた担当者はずいぶん罵倒されたらしい」

「あの男ならやりそうですね」

「自分の事件だけじゃなく、話は〈雅楼園〉の件にも及んだ。警察が早急に〈市民調査室〉を特定し逮捕していたら、あの夫婦は死なずに済んだとな。権柄尽くな男だが、言っていることに間違いはない。桜庭夫妻の心中は〈市民調査室〉を野放しにした我々警察にも責任の一端がある」

鬼頭が警察の責任を口にする時は何らかの意図があると相場が決まっている。延藤は内心で身構える。

「警察の責任云々は中台氏の台詞ですか」

「権柄尽くで強欲だが、反面情に厚い人物でもある。中台氏の憤懣は本物だ。彼が警察の責任について言及したのは確かだが、わたし自身が痛感しているというのも本当だ。無論、マスコミや世間はサイバー犯罪対策課を責めている訳ではない」

「……上の方ですか」

「ウチが〈市民調査室〉を調べているのは部外秘だが、マスコミ関係者の中には気づいている連中が少なくない。ネット上の存在を逮捕するのだから、ウチの担当だと見当をつけるのはむしろ当然だ。そのうち取材攻勢になる。いや、末端では既に始まっているかもしれん」

サツ回りをしている記者は大抵が入社一年目の新人だが、中には勘の鋭いベテラン記者たちもいる。嗅覚の鋭い連中だから、末端からでも〈市民調査室〉捜査の臭いを嗅ぎつけてくるに違いない。

「マスコミに知られるのは仕方がないにしても、取材を受けた段階で成果を出していなければ、サイバー犯罪対策課の存在意義が問われかねん。それで援軍を要請することにした」

「援軍ですか。しかしお言葉を返すようですが、ウチのメンバー以上に有能な捜査員はそうそういないと思います」

「内部に限ればの話だろう。才能はカネのあるところに集まる。民間にも喉から手が出るほど欲しくなる逸材が大勢いる」

「まさかヘッドハンティングですか」

「あくまで協力を仰ぐかたちだ」

鬼頭は卓上のパソコンを操作すると、表示された画面をこちらに向けた。

表示されていたのは〈ＦＣＩ（フェイクチェック・イニシアティブ）〉という認定ＮＰＯ法人のホームページだった。

「有名どころですね」

「ファクトチェックにかけては、現在この国で最も信頼できる団体だろう。フェイクニュースの伝播過程やニュース元の特定について我々とは別のノウハウを持っている。情報共有して悪い相手じゃない」

「最初はこちらから表敬訪問するのが筋ですよね」

「お膳立てはしておいた。来馬綾子という人物に会ってこい」

「何者ですか」

「協力を要請した際、最初に先方から名前の出てきた人物だ」

つまりよほどの切れ者か、あるいは全く戦力外であるかのどちらかということだ。

「了解しました」

踵を返した延藤の背中に最後の指示が飛んだ。

「情報共有はしろ。ただし足元は見られるな」

口調だけで、外部への協力要請が不本意なものであると知れる。

不本意なのは延藤も同じだった。だが警察の威信より何より、桜庭夫妻に死なれた事実が延藤を責め苛む。

延藤たちの力で足りないというのなら、つまらぬ見栄やプライドなど捨てる所存だった。


〈ＦＣＩ〉の事務所は港区芝公園の近くにあった。オフィスの入っているビルからは公園を隔てて正面に増上寺が望める。

会ってみると、来馬綾子という人物は理知的な目をした女性だった。

「はじめまして、来馬です」

差し出された名刺には『主査　来馬綾子』とある。

「主査というのは、まあ対外的な肩書と言いますか。そんなに権限のあるものじゃありません」

応接室に移動すると、延藤は単刀直入に〈市民調査室〉の捜査について協力を申し出た。

「〈市民調査室〉の件は以前からわたしも注目していました。フェイクニュースには政治的な意図で捏造されたものが少なくなく、一方、特定の企業を取り上げたフェイクニュースには悪戯心に端を発したものが多い印象があります。しかし〈市民調査室〉の場合はただの悪戯心ではなく、明確に対象者を社会的に抹殺しようとする意志が見え隠れしています」

「同感です。現に我々は信用毀損と偽計業務妨害の線で捜査していますから」

「日生大学前理事長中台氏と〈雅楼園〉の事件ですね。あの二件はフェイクニュースの成立と拡散という点でとても象徴的でした。これをご覧ください」

事前に用意していたらしく、来馬はファイルを差し出した。長い指の先の爪は丁寧に磨かれている。A4サイズの文書にはキーワードとそれに呼応したTwitterの書き込みやGoogleのニュースサイトにおける記事の数が記載されている。

「中台氏と〈雅楼園〉の場合、個人的な書き込みも多いのですが、無視できないのはニュースサイトでの取り上げ件数が急上昇している事実です」

同様にデータを収集している延藤も、同じ印象を抱いている。警察とNPO法人、組織や目的が違っても扱うデータが同じなら、辿り着く検証結果は似たものになる。

「ニュースサイトの取り上げ件数が急増したのはこたつ記事の発信が多くなったせいですね」

「その通りです。こたつ記事を読んだ人間が次々とTwitterで書き込んだためにネガティブな意見が目立ち、更に反応の多さから既存メディアが取り上げた。これが拡散した経緯です」

こたつ記事というのはネット用語の一つで、現場に取材もせずこたつにいながらでも書けてしまえる記事という意味だ。ネットメディアではページビューを稼ぐことが優先され、費用もかからず手軽に記事をでっち上げられるので重宝されている。そしてSNSの影響力が高まるにつれ、既存メディアもネットでの話題として取り上げるようになった。つまり噂や事実無根の推測がいつの間にか「事実」として茶の間に拡散される羽目になるのだ。

「当初から〈市民調査室〉はこたつ記事での拡散を狙っていたフシがあります」

「と、言いますと？」

「新奇性仮説と信憑性の兼ね合いですね。新奇性仮説については説明不要でしょう」

フェイクニュースの拡散については多くの論文が著されており、マサチューセッツ工科大学のシナン・アラルとソロシュ・ボソウギらによる論文で新奇性仮説が取り上げられている。論文によればフェイクニュースを拡散していたアカウントはボット（自動投稿プログラム）ではなく、フォロワー数やTwitterの利用時間が少ない個人だった。そのツイートに含まれていた感情を分析した結果、人々は驚きや嫌悪といった感情を抱いた時にニュースを拡散する傾向にあることが分かった。つまり新奇性という元来ニュースが持ち得る特性こそが驚きを生み、フェイクニュース拡散の原動力になっているのだ。そして新奇性があるがゆえに、フェイクニュースは迅速に広範に拡散していく。

「〈市民調査室〉はこの新奇性仮説を巧妙に利用しています。中台氏のような人物なら当然これくらいの悪事は働いているだろうという願望込みの信憑性。〈雅楼園〉のような老舗旅館でも廃業するのだという意外性。この二つを巧みに組み合わせてフェイクニュースを拵えています。元々はインフルエンサーとして名を馳せた人物なので、ニュースの拡散については相当な知見を持っているに違いありません」

来馬は微かに笑う。それは自信の表れのように見える。

同感だった。〈市民調査室〉が単なるネットユーザーであれば、サイバー犯罪対策課がこれほど苦しめられるはずもない。

「来馬さんは〈市民調査室〉についてどんなプロファイリングをお考えなのですか」

「通常であればインフルエンサーの資質には不可欠な自己顕示欲を第一に挙げるところですが、わたしの見解は少し違います。〈市民調査室〉には自己顕示欲に優先する目的があり、その言動は一見自己顕示欲を満たす行為に見えますが、本人の計画性を隠蔽するための隠れ蓑のように思えるんです」

その視点はなかったので、延藤の耳には新鮮に聞こえた。

「続けてください」

「〈市民調査室〉は本格的なフェイクニュースを発信する以前、食レポや宿レポで多くのフォロワーを集め、情報の正確さと偏りのない評価で信頼を得ていました。その信頼度の高さがフェイクニュース拡散の源になっています」

「ええ。順調にインフルエンサーとしての実績を上げて、そのままでいればよかったものを、急にデマや陰謀論を垂れ流すようになった。上司の受け売りですが、発信力があると知った途端、自分が何者かになったかのように思想信条を語り出す。あれと同じじゃないですか」

「わたしは逆の見方をしています。即ち、フェイクニュースに信憑性を持たせるために、信頼できる〈市民調査室〉というブランドを立ち上げたのではないでしょうか」

意表を突かれる思いだった。

「興味深い意見ですね。つまり最初からフェイクニュース拡散という目的ありきで、ＳＮＳを始めたという解釈ですか」

「延藤さんは突飛な考えだとお思いですか」

「否定する材料は何もありません。警視庁サイバー犯罪対策課が未だにヤツの尻尾を摑めていないのですからね。〈市民調査室〉が未だかつてないタイプのサイバー犯罪者であることを認めざるを得ません」

加えて延藤には、桜庭夫妻の敵討ちという意味合いもある。二人が決めた後始末の方法は、かたちの上では自殺だが、実態は〈市民調査室〉に殺されたも同然だ。

「桜庭夫妻の件は、わたしも義憤に駆られました」

まるでこちらの気持ちを見透かしたかのように、来馬は続ける。

「これまでフェイクニュースによって経済的損失をこうむった例は少なくありません。ニュースの当事者が精神的に疲弊する出来事もままありました。しかし特定された個人が自殺というのは……本職の刑事さんを前にして言うことではないかもしれませんが、これはれっきとした殺人ですよ」

　来馬は痛みを堪えるように顔を顰める。理知的な人間だと思っていたが、意外に感情が表に出るタイプなのかもしれない。

　彼女には伝えた方がいいだろうと判断し、心中の数日前に〈雅楼園〉を訪れた事実を伝える。来馬は遺る瀬無いといった表情で首を横に振る。

「延藤さんはわたし以上に怒っているんですね」

「夫人とお話ししたのは一時間にも満たないのですけどね」

「五分話しただけでも縁はできます」

　来馬は延藤を慮ってか、あまり笑わなくなった。

「延藤さん。わたしには懸念していることがあるんです」

「〈市民調査室〉がこれでＳＮＳから身を引くとは思えない」

「その通りです。普通、自分が捏造した、あるいは拡散したフェイクニュースで被害が出たら、大抵のアカウントは炎上を怖れて鍵アカにするか閉鎖するかなんです。ところが桜庭夫妻の心中が伝えられても尚、〈市民調査室〉はツイートをやめようとしていない。いや、それどころか次の獲物を虎視眈々と狙っているような気配すら感じさせます」

「勝ち続けている者は、決して自分からプレイヤーを下りようとはしません」

「プレイヤー、ですか。なるほど中台氏の失脚も〈雅楼園〉の廃業も、〈市民調査室〉本人にしてみればただのゲームなのかもしれません。仮にそうだとしたら、尚のこと許せませんね」

来馬の表情は更に険しくなる。

「プロファイリングの話が途中でしたね。〈市民調査室〉は自己顕示欲より優先する目的があり、そのために人気あるインフルエンサーとして自己プロデュースできる計画性と実行力を兼ね備えています。おそらく組織人であり、自己抑制のできる三十代から五十代、高学歴で普段から社交性を発揮している人物。現実世界においても相応の信頼と地位を確立している人物と推測できます」

来馬のプロファイリングは大筋において同意できる。

「プロファイリングから浮かび上がる人物は有能で、現実でも成功している部類の人間ですね。そんな人間がどうしてフェイクニュースの拡散に血道を上げるのでしょうね」

「延藤さんがいみじくも仰ったじゃありませんか。『決して自分からプレイヤーを下りようとはしません』。一連の行為はゲーム感覚で行われたと考えれば納得できます。現実で社交性を発揮するには仮面を被らざるを得ない局面が出てきます。賢明な〈市民調査室〉はそうした局面でも上手く捌くと思いますが、その分確実にストレスが溜まる」

「ストレス発散のためにフェイクニュースを拡散していると言うのですか」

「愉快犯というのはそうしたものでしょう。もっと凶悪な事例に目を向ければ、放火魔の多くもストレス発散が動機じゃないですか」

ストレス発散のために桜庭夫妻は死なねばならなかったのか。〈市民調査室〉の実体に迫ろうとすればするほど胸糞が悪くなってくる。この分では実際に逮捕した時、自分が冷静でいられるかどうか保証ができない。

「〈市民調査室〉に対する認識を共有できただけでも、本日伺った甲斐がありました」

「こちらこそ」

感情的な人間は苦手だが、理性の下から感情が洩れる人間は嫌いではない。立場の違いはあれど、来馬とは上手く情報共有ができそうな気がした。

警視庁に戻ると、机の上に自分宛のレターパックが置いてあった。

「それ、午前中に届いていましたよ」

西條の言葉を聞きながら差出人欄を見る。

〈雅楼園〉と記されていた。

まさか。

逸る心を抑えて開封する。中には封書とA4サイズのファイルが入っている。

まず封書を開くと〈雅楼園〉の副女将からの一筆箋だった。

『女将の遺書にあった指示に従い、ファイルを同封します。何卒女将夫妻の無念を晴らしてやってください』

ファイルを検めると宿泊者名簿のコピーだった。延藤のリクエスト通り、五月と六月分のデータが宿泊者本人の署名とともに網羅されている。

女将が死ぬ間際に用意してくれていたのか。

手が震え、ファイルを床に落としそうになった。

夫妻の無念を晴らしてやってください。

仔細に観察すると副女将の字は微かに乱れていた。ここにも理性の下から感情が溢れる者がいる。

「突破口になるものが届いた」

ファイルを渡された西條は、小さくあっと洩らした。

「延藤さん、これは」

「この宿泊者名簿の中に〈市民調査室〉が存在している。住所、氏名、電話番号まで記載されている。一人ずつ洗うぞ」

「……二千人以上いますよ」

「たった二千人に絞れたんだ。こんなに効率的な話はない」

無論、宿泊者の氏名だけで〈市民調査室〉を特定することはできず、現在抽出しているアカウントに紐づけしなければならないので作業が山積する事実に変わりはない。

だが桜庭夫妻の無念が込められている資料だ。無駄にすることなど延藤には到底許されるものではなかった。

2

鬼頭というのは危機管理能力に長けた上司であり、図らずも延藤はその実例を見せつけられる次第となった。

桜庭夫妻の心中が報じられてから二日後、全国紙の社説が風評被害を取り上げた。

『先日、老舗旅館の経営者夫婦が自ら命を絶った。痛ましい事件だが、根っこには風評被害がある。この時期、旅館業が苦しいのはどこも同じだが、この老舗旅館の場合は根も葉もない噂に尾ひれが付いたために客足が途絶えたという特殊事情がある。いわれなき風評が実害となり、経営者夫婦を追い詰めてしまったのだ。私事だが、当該の旅館を定期的に利用していた。以前は昭和の文豪たちが逗留していたという、俗世と隔離された宿だった。その場所が世俗の驕慢や卑劣に貶められるのは見るに忍びない。風評は人の怯懦と嫉妬から生まれる。ならば経営者夫婦を追い詰めたのは、コロナ禍でささくれ立ってしまった我々だと言っても過言ではない』

この社説を追うかたちで、他の全国紙が桜庭夫妻の死をフェイクニュースと絡めて語り始めた。

曰く、フェイクニュースを拡散した者を厳重に処罰しなければまた同様の悲劇が起きる。

曰く、匿名性で守られているＳＮＳ自体に問題があるのではないか。

曰く、こうした悲劇が起きれば起きるほどシステムは窮屈なものになっていく。

延藤は大方の新聞に目を通してみたが、どれも桜庭夫妻の死に義憤を覚え、フェイクニュースの罪深さを糾弾する内容となっていた。だが悲しいかな、新聞というメディアは不確かな情報を掲載できないためか〈市民調査室〉の関与にまで言及していなかった。既存メディアはニューメディアの伸長に押され気味でも、従来の殻を破れずにいるのだ。

一方のニューメディアであるＳＮＳは〈市民調査室〉を擁護する者が多く、また拡散したフォロワーたちも自己弁護を決め込んで半ば開き直る始末だった。

延藤は現実社会とネット両方の動向を睨みながら、宿泊者名簿のデータを作成する。フェイクニュースを拡散した輩の中には本名をアカウント名にしている者も存在するので、照合に都合がよかった。

「普通、言いたいことを言うために匿名にしているはずなんですけどね」

同じく照合作業に着手していた西條が呆れたように言う。

「政治家や学者、タレントたちが何かを対象に批判する時には半ば覚悟の上なんです。どのみち賛否両論になることが多いですからね。しかし一般市民が本名を晒して他人を叩くなんて、あまり共感できませんね」

「自分の正義が正しいと思い込んでいるのさ」

延藤は腹立ち紛れに自説を吐き出す。

「人間ってのは自分が正しいとなれば、どんな暴言も吐ける。どんな残酷さも正当化できると考えている。ＳＮＳでは相手の顔が見えないから遠慮も萎縮もしなくていい。言いたい放題だ」

実際、今回のフェイクニュースに便乗したツイートを抽出してみると、〈市民調査室〉を信奉している者の他、自論だけが正しいのだと言い募るアカウントが多数存在した。二分法の論法に陥り、枠の中だけでしか話を展開できなくなっている者がほとんどだった。

「自分が正義だと信じているから翻意もしないし、譲歩もしない。どんどん論点がずれていって支離滅裂になっても、今更前言を撤回できないから発言は極端になる一方だ」

死者を出しても尚、〈市民調査室〉を擁護するアカウントが減少しないのは、そうした理由からではないかと延藤は考えている。リアルに相手と顔を合わせれば笑って済むはずの話が、ネット空間では剣呑な空気しか生まれない。

「いくら自分の意見が正しかろうが、今回は死人が出ている。言い放題では済まされない」

「一罰百戒ですか。しかし主犯格の〈市民調査室〉はともかくとして、そのフォロワーたちも一網打尽というのはいかにも大掛かりじゃないですか」

「一網打尽というより、フォロワーたちから〈市民調査室〉本人の情報を得たい。フォロワーの中にＤＭで直接やり取りしている人間がいれば御の字だ」

「有り得ますかね、フォロワーとの個別の交流」

「ネットの世界じゃ有名人だからな。有名人に絡みたいヤツはいつでも一定数存在する。その数は全フォロワー数に比例する。〈市民調査室〉も熱心な信者のラブコールを無視し続けるとは思えない」

「信者というのは言い得て妙かもしれませんね。教祖には無批判、ご託宣をただ受け容れているうちに思考停止してしまう。その辺り、新興宗教と構図は同じですからね。教祖に刃向かう人間を片っ端から敵認定して攻撃する。今、インフルエンサーが開いているサロンというのも似たり寄ったりなんでしょうね」

新興宗教と構図が同じなら、フォロワーによる献金はさしずめ「いいね」の数だろうか。

益体もないことを考えていると、卓上電話が鳴った。表示を見れば鬼頭からの内線だった。

『今から来れるか』

「行きます」

課長室に赴くと、鬼頭が気難しい表情を浮かべていた。

「今朝早く、〈雅楼園〉から信用毀損及び業務妨害で被害届が提出された」

「そうですか」

当然の流れと言えばそれまでだが、女将に被害届の提出を勧めた延藤には感慨深いものがある。先日の宿泊者名簿といい、あの世から女将が出し遅れたものを次々届けてくれているような感がある。

「本来、管轄は熱海になるが、関与している〈市民調査室〉についてウチが先行して事件に着手しているので合同捜査のかたちを採ることになる。ウチ主導でいく」

ともあれ中台と同様、正式に被害届が出た。しかも今回から〈市民調査室〉だけではなく、そのフォロワーも捜査対象に入る。

「フォロワーも検挙の対象ですか」

「無論だ」

「西條は一罰百戒なのかと勘繰っていました」

「そうした側面があるのは否定しない。〈市民調査室〉の関わった事案だけじゃない。それ以前からフェイクニュースによる有形無形の損害が出ている。大抵は民事事件だが、次第に刑事事件まで発生し始めている。桜庭夫妻の件はその最たるものだ。上の方も、そろそろ重い腰を上げつつあるんだ」

「上、と言うと警視総監ですか」

半ば冗談交じりにその階級を告げてみたが、返ってきたのは更に冗談のような答えだった。

「もっと上だ」

すぐには反応できずにいた。

「フェイクニュースに関しては海の向こうの方が深刻な事態になっている。一例を挙げるならアメリカの大統領選だ。選挙期間中は言うに及ばず、現大統領が勝利宣言した以降も相変わらず陰謀論が飛び交い、挙句の果てには占拠事件まで勃発した」

件の事件は延藤の記憶にまだ新しい。二〇二一年一月六日、ドナルド・トランプの支持者たちが大統領選挙での不正を訴えてアメリカ合衆国議会議事堂を襲撃した事件だ。

「かの国では、既にフェイクニュースは政治的問題にまで発展している。当然、その取締りや監視体制も苛烈なものになる。そしてアメリカで起こることは五年後に日本で起こる」

「日本でも政治問題化するというんですね」

「確証はないが可能性はある。そうならないように、今からフェイクニュースに対する捜査能力と抑止力を備えておくのは決して無駄じゃない」

つまり〈市民調査室〉のみならず主立ったフォロワーを一網打尽にすることが、即ち抑止力になるという主旨だ。

「東日本大震災の時、風評が流布したために命を絶った者もいた。あれだって深刻な事件だが、〈市民調査室〉の場合には企業なり個人なりを標的と定めた上でデマを流しているからより悪辣と言える」

「確かに〈市民調査室〉が標的を個人から団体、団体から政府へと格上げする惧れは無きにしも非ずですからね」

硬直化した組織においても、目端の利く人間は存在する。フェイクニュースが内包する危険性を察知して動いたのだとしたら、警察組織も捨てたものではないと思う。

そこまで考えた時、唐突に思いついた。

「課長。まさかＦＣＩに協力を要請しろという指示は上からのものだったんですか」

問われた鬼頭は口を噤む。長らくこの男の下で働いているから分かる。この場合の沈黙は肯定を意味している。

「誰の指示なのかは知っても意味がなかろう」

誰の意向であろうと延藤に拒否権はないという意味だ。

「指示に逆らうつもりは毛頭ありません。将来に向けて捜査能力と抑止力を備えるということであれば、知見を複数の組織が共有するのは得策ですからね。しかし捜査対象が〈市民調査室〉一人ならともかく、主なフォロワー全員を逮捕・送検するとなると結構な手間暇がかかりますよ。その後に控える公判の手続きになると更に膨大です」

「それは検察や裁判所のする心配だ。ウチは容疑者を特定して引っ張ってくればいい」

鬼頭は事もなげに言う。自分たちは定められた領域で仕事を全うすれば良し。そうした割り切りは延藤の目にも清々しく映った。

「フェイクニュースを捏造した〈市民調査室〉も拡散したフォロワーも風評被害をもたらしたという点では同罪だ。知らなかったとか、こんなことになるとは思わなかったとか、そういう寝言は寝てから言うものだと骨の髄まで教えてやれ」

意外にも鬼頭の物言いには個人的な怒りが見え隠れする。この男なりに桜庭夫妻の件では思うところがあるのだろう。たまにではあるが、上司と自分の思惑が一致すると爽快感さえ覚える。

これは鬼頭なりの檄(げき)でもある。刑事部屋に戻った延藤は、早速西條と他のメンバーに内容を伝えた。

「全員を検挙、ですか」

担当になってまだ間がない畔柳(くろやなぎ)は戸惑い気味に復唱する。

「足りますか、現メンバーで」

「兵隊が足りないなら実働時間を増やせという態度だった。いつものことだ」

「ブラックな環境ですね」

畔柳は諦め口調で答えると、大して逆らいもせず自分のデスクに戻る。彼もまたネットの広大な海から、今回のフェイクニュース拡散に手を染めたアカウントを一つずつ抽出する作業に没頭する。

チームのモチベーションを維持しながら、自らも〈市民調査室〉を追う。二つの仕事で股裂きにされるような感覚を味わっていると、西條から声を掛けられた。

「延藤さん。例の宿泊者名簿ですが、三割方照合が終わりました」

西條の言う照合とは、宿泊者名簿に記載された氏名と住所が実際のそれと一致しているかどうかの検証作業だった。警察は捜査を目的として住民基本台帳の閲覧ができる。宿泊者名簿の記載内容をデータに落とし込みさえすれば照合は瞬く間に終わる。

「現状、偽名で宿泊している客もいますね。住民基本台帳の中には該当しない人物です」

「割合は」

「百人に一人か二人ですね。残りは申告通りですよ」

延藤のパソコンにも情報が飛んできた。照合を終えた宿泊客が実在する者とそうでない者に二分されている。

名前を順繰りに眺めていると、ある名前のところで目が止まった。

まさか。

見間違いかと思い目を凝らして再度確認する。しかし見間違いではなかった。

『半崎伺朗』

決してよくある名前ではない。思いがけない名前の出現に延藤は当惑していた。

3

最近の半崎は販売店にいる時間が多くなった。不足していた配達人員は急募したバイト学生で補充できたからだ。拡張は、もうずいぶん前から中断している。

自由になる時間が増えたので、暇さえあればネットにかじりついている。母親が口うるさく言ってくるが聞く耳は持たない。

偏向した新聞の読者を増やしても意味はない。それよりも正しい情報を入手して己の感性を磨くことだ。

若い頃なら哲学書の類を読み漁っただろうが、今はSNSという便利なツールと〈市民調査室〉という存在がある。彼の言葉の一つ一つが羅針盤になる。今日も半崎は〈市民調査室〉の呟きを見て、自分なりに思考を巡らせる。

『最近、日本でも反知性主義が取り沙汰されています。出処はトランプさんのいるアメリカで、トランプ支持者＝反知性主義者＝無教養、みたいな図式を思い浮かべる人が大多数なのでしょう』

『ただですね、反知性主義の反（anti）は〈知性〉にではなく〈知性主義〉にかかっていることを知らない人が多いですね。つまりアメリカでは知性と結び付いた権威に対する嫌悪感が強い訳です。これはアメリカの名門とされる大学の来歴を調べてみると理解できます』

『ハーバード、イェール、プリンストンといった大学はそもそも牧師を養成する神学校として創立されました。要はどこも牧師養成機関だったのですね。牧師になるには大学を出ていなければならない』

『そして説教を聞かされる側の庶民は、大学出の難解な話を有難がって拝聴しなければならないのだから、そりゃあ鬱憤も溜まる訳です』

『一方、トランプさんという人物はアメリカンドリームの体現者と認知されているので、こうしたエリートたちとは対極の存在です』

『従って、今まで政治的経済的に報われることの少なかったアメリカ中西部や南部を中心とした非エリート層が彼を支持するのも、同じ庶民であるわたしとしてはとても納得できるんです』

『反知性主義だからと言ってトランプさんを嫌悪するのは、それこそ一知半解（いっちはんかい）というものでしょう。彼は新しい時代の牽引者かもしれないのです』

　一連のツイートを読んだ半崎は深く感銘を受けた。ドナルド・トランプと言えば日本のマスコミで叩かれまくっている男だ。彼の近影はどれもこれも野卑で無教養な印象があり、その写真を採用した者の悪意を感じずにはいられない。

無教養と悪評が本当であれば、そんな人物が果たしてアメリカの大統領に選ばれるものだろうか。予て（かね）より疑問だったが、改めて訊くのも気が引けるので今まで誰にも告げずにいた。その疑問と当惑が〈市民調査室〉のツイートで氷解した思いだった。

トランプのネガティブな印象はマスコミによって形成されたものに相違ない。〈市民調査室〉と同様、庶民である半崎はエリート臭のするオバマ元大統領よりもトランプの方に親近感を覚えるのだ。

これからは大手マスコミの流すトランプ絡みの記事は眉唾で見聞きしなければならない、と思った。

夕刊配達の時間が迫ってきたので作業場に向かうと、既にバイト学生が一人待機していた。急募で新しく入った蛭川（ひるかわ）という学生で、余裕をもって早めに来たのだろう。

賢そうな横顔をしている。見ているうちに、半崎は新しく仕入れた知識を開陳せずにはいられなくなった。

「蛭川くん、どこの大学だっけ」

返ってきたのは、誰もが知る有名大学の名前だった。

「へえ、いいな。大学では政治とかを学んでいるのかい」

「いいえ。僕は児童心理学を専攻しているので」

「心理学だって時代と無関係じゃいられないだろう。たとえばドナルド・トランプという人物をどう思う」

「どう思うって」

「アメリカ大統領として相応しい人物かどうかって話さ」

「あー、そゆことですか」

蛭川は気乗り薄な声を返してきた。

「就任前から演説でヘイトスピーチ繰り返してきた不動産屋でしょ。僕がアメリカ国民だったら、ちょっと嫌ですね。少なくとも他国に誇れるような国家元首じゃないっしょ」

ああ、これは講義が必要だ。

半崎は期待と義務感に駆られて話し始める。

「いや、それは違うと思うな。蛭川くんはトランプを語る時、よく引き合いに出される反知性主義に惑わされているんじゃないのかな」

「はあ」

「そもそも反知性主義の反（anti）というのは〈知性〉じゃなくて〈知性主義〉の方にかかっていてね」

人伝(ひとづて)に聞いた話でも、自分の言葉で喋っていると己のオリジナルであるような気がしてくる。いや、元々知識とはそういうものだ。本を読み、知見ある者の話を聞き、我がものにしていく。自分が〈市民調査室〉の言葉を受け売りするのは何ら恥じるような行為ではないはずだ。

「アメリカで名門とされる大学というのは、そもそも牧師さんの養成学校であって」

半崎が説明を続ければ続けるほど、蛭川の目はどんよりと光を失くしていく。

「ドナルド・トランプに対するネガティブな印象というのは、アメリカおよび日本の左翼マスコミが彼を嫌っているからなんだけど、真実を知りたければ、そういうフィルターは一度外した方がいいんだ」

「はあ」

「マスコミ関係者の多くは知識層だから、反知性主義の代弁者であるトランプを徹底的に嫌っている。だけどそういう好き嫌いで物事を見ていたら判断を誤るよ。若い蛭川くんたちは尚更気をつけなけりゃいけない。何と言っても、これからの日本を背負って立つのは蛭川くんたちなんだからね」

「あ、所長。あれ、配送用のトラックじゃないスか」

蛭川がほっとしたように道路を顎で指す。姿を見せたのは、確かに見覚えのある配送トラックだ。

夕刊が到着すると、荷下ろしで会話は途絶える。説明が途中で終わるのは残念だが仕方がない。彼が配達を終えてから再開することにしよう。

その後、次々に到着する配達員を送り出してから、半崎は再び自室に籠る。〈市民調査室〉の考えを拡散する重要な任務があるからだ。

果たして〈市民調査室〉のツイートには多くのフォロワーが賛意を示していた。

『〈市民調査室〉さんのトランプ解説、すっと腑に落ちました』

『米国の名門大学が牧師の養成機関だったというのは初耳でした。なるほど田舎町で牧師さんが名士になる訳です』

『キリスト教徒が大半を占めるアメリカで、牧師養成機関だった名門大学の卒業生が国のエリートに成り上がっていく過程が目に浮かぶようです』

『実際、日本におけるトランプのイメージは圧倒的にマイナスなんだよな。反知性主義だろうが何だろうが、庶民の気持ちを代弁する大統領の方がいいに決まっているじゃないか』

『いいじゃないか、反知性主義。この国をダメにしたのは一握りのエリート層だった。今後はトランプみたいな指導者が日本を引っ張っていかなきゃ』

自分と同様の感想が並び、半崎はゆったりと安堵に浸る。同志が大勢存在するというのは、こうも安寧をもたらすものか。たとえ販売店で孤立しているとしても自分は決して一人ではない。ネットの扉を開ければ数千数万の同朋がいる。

心地よく皆のコメントを眺めていると、不意に異物に出くわした。

長澤望海（ながさわのぞみ）というアカウントを持つ者が〈市民調査室〉の言い分に真っ向から異議を申し立てたのだ。

『〈市民調査室〉さんのツイートはいささか誤謬があり、また印象操作めいてもいるので注釈をつけるものです。まずドナルド・トランプはウォートン・スクールで経済学の学士号を取得しています』

『このウォートン・スクールはスタンフォード大学経営大学院、ハーバードビジネススクールと並び世界的に最も高い評価を受けるビジネススクールの一つで、トランプ氏の教育環境が大変に恵まれたものであった事実を忘れてはいけません』

『また不動産業も父親から継いだものであり、決してアメリカンドリームを実現したものではないという事実を確認するべきです。つまりトランプ氏は少なくとも叩き上げの成功者とは言えないのです』

半崎は途中でコメントを読むのを止め、長澤望海に関しての情報を掻き集める。それによれば国立大学で教鞭を執る傍ら、テレビでも度々コメンテーターを務める著名な社会学者らしい。

『〈市民調査室〉さんはトランプ氏を好意的に解釈していますが、わたしの見解は逆です。彼はある意味で非常に危険な人物と指摘せざるを得ません』

『その一つが言論に対する処し方です。彼は自身に都合の悪い報道を「フェイクニュース」と攻撃していますが、アメリカの主要メディアのほとんどが、氏の放言を非難しています。メディアには右もあれば左もあるのに、そのほとんどが非難声明を出している事実は特筆に値します』

『ご存じかもしれませんが、トランプ氏には彼の言葉を狂信するネット投稿者が存在します。Qと名乗る彼らはトランプ氏を熱狂的に擁護し、彼を非難する主要メディアが悪の秘密結社と結託しているという主張を繰り返しています』

『もちろん、これはただの陰謀論なのですが、Qの主張を真理と解釈するQアノンという集団が誕生し、どうやらトランプ氏はQ及びQアノンを自らの権力維持に利用しようとしているフシがあるのです』

『己の信者を誘導し利用する。それはカルトの教祖のやり口に他なりません。経済大国、軍事大国の国家元首がカルト教団の教祖と同種であっていいはずがありません。その点からも、わたしはトランプ氏には好感が持てないのです』

『知性主義とは別名主知主義と言い、意志や感情よりも知性を重視する考え方です。政治に経済、科学に法律。わたしたちの世界を形づくるもの全ては知性によって維持されていると言っても過言ではありません』

『一方、反知性主義は十九世紀末の哲学として生まれ、V・パレートやG・ソレルによって継承され、やがて結束主義即ちファシズムへと繋がっていきます。知性主義と反知性主義のどちらが現代の、そして未来の世界に相応しいかは言うまでもありません』

『従って、わたし個人はトランプ氏が大統領を務める国の民には絶対なりたくありませんし、〈市民調査室〉さんのようにトランプ氏に迎合する向きには異議を申し立てる所存です』

一読して半崎が覚えたのは猛烈な憎悪だった。

何だ、こいつは。

社会学の教授だか何だか知らないが、偉そうな物言いをする。自分は専門家だから畏まって拝聴しろと言わんばかりではないか。しかもトランプだけではなく〈市民調査室〉にまで唾をかけている。

まるで自分が喧嘩を売られているような気分になる。この長澤という学者を論破し、〈市民調査室〉と自分たちの誇りを守らなければと思った。

半崎は長澤のツイートを穴の開くほど読む。どこかに矛盾や誤認がないか言葉の端々まで検めてみる。相手は専門家だ。綻びを見つけるのは難儀だし、見つけたとしてもそこを突破口に論破するのは更に困難だろう。

それでも抗うのが己の使命だと感じた。〈市民調査室〉とそのフォロワーたちが半崎の反撃を心待ちにしている。半崎はその日半日を長澤への反論に費やすことになった。

夜までかかって下準備を済ませると、半崎は早速長澤のツイートに牙を剝いた。

『ハーフ夫と言います。長澤さんは、トランプ氏は決してアメリカンドリームを実現したものではないと言います』

『しかし叩き上げではないという理由で彼をこき下ろすのは間違っています。父親の事業を大きく成長させたのがトランプ氏の力量であり、己の才覚だけで大統領にまで上り詰めた彼は、やっぱりアメリカンドリームの体現者です』

『長澤です。まあ、確かに大統領選出に至るまでは父親の遺産は関係ないかもしれません』

『トランプ氏は自分に都合の悪い報道をフェイクニュースだと攻撃している、と言いましたね。そしてアメリカの主要メディアのほとんどがトランプ氏の放言を批判しているとも』

『しかし逆の見方をすればメディアだって自分に都合の悪い事実は報道しようとしません。都合の悪い事実を攻撃し続けるトランプ氏を批判しているのは、要するにただの防衛反応でしかありません』

『相対化ですか。しかし相対化というのは往々にして議論を無意味なものにしかねません』

『トランプ氏に狂信的なネット投稿者が存在するとのことですが、彼にカリスマ性があれば信奉する者がいて当然でしょう。アイドルと同じですよ』

『従ってトランプ氏に狂信的なファンがいることは、何ら彼を怖れる理由にはなりません。ひょっとしたら長澤さんは、自分にはカリスマ性がないから嫉妬しているのではないでしょうか』

『わたしには、まあカリスマ性はないですね』

『またトランプ氏がQ及びQアノンを自らの権力維持に利用している、というのはどこからの情報でしょうか。ニュースソースが明らかでない以上、しかも社会学者という肩書を持つ人物がこうした憶測を拡散させようというのは、それこそ陰謀論でしかありません』

書き込んでいるうちに半崎は得も言われぬ陶酔感に包まれる。何の肩書も持たず、誰にも顧みられることのなかった自分が、著名な社会学者と対等あるいはそれ以上の討論をしているのだ。

『長澤さんは政治経済、科学や法律は知性によって維持されていると言いました。しかし度々引き合いに出されるアメリカは今も昔も理念の国であり、その根源はキリスト教という宗教です。宗教ほど経済や科学に縁遠いものはなく、この点においても長澤さんの説は偏向しています』

『アメリカが理念の国というのは同意しますよ』

『最後に反知性主義についてですが、政治史家のリチャード・ホフスタッターはその著書の中で、反知性主義は真っ当な民主主義における必要な要素と位置付けています』

『つまり知的エリートが権威と結びついた時の危険性を考える上で、反知性主義の観点が必要だとしたのです。ファシズムが反知性主義から生まれたとは言え、それを全否定するのは民主主義を膠着させる結果につながりますよ。その辺、社会学者としての見解はどうなのでしょうか』

『ハーフ夫さん。ホフスタッターの主張は概ねその通りなのですが、そもそも反知性主義がジョセフ・マッカーシーによる赤狩りを背景に誕生したという事実には留意した方がいいかもしれません。夜も更けましたので、今日はここで切り上げましょう』

長澤の最後のツイートを読んだ次の瞬間、半崎は勝利の雄叫びを上げていた。

長澤の事実上の敗北宣言だった。

やった、論破した。

しかも社会学の専門家を、自分一人で。

たちまち飛び上がりたいほどの達成感と歓喜に包まれる。比喩ではなく、身体が数センチ浮いたような錯覚にすら陥る。

すぐさま〈市民調査室〉のフォロワーたちから半崎を称賛するリプライが届けられる。

『すごい。ハーフ夫さんがクソ社会学者を撃破！』

『こうなると、何のために大学教授になったのか分からなくなる』

『所詮、世間知らず』

『大学関係者なら、そりゃあ反知性主義は嫌いだろうなあ』

『とにかくハーフ夫さんの知見が社会学者の知識を上回ったということ』

『ハーフ夫さんの正体が知りたい。きっと名のある賢人に違いない』

どのコメントも自分へのリスペクトに溢れており、半崎は更に天にも昇る心地になる。

人から注目され、ひとかどの人物と思われる。

努力と研鑽を正当に評価される。

何と嬉しいことなのだろうか。

立派な肩書を持つ人間を完膚なきまでに言い負かすのは、何と痛快極まることなのだろうか。

称賛のリプライが次々と続く。眺めていると、家業を継いでからの辛苦がとろとろ溶けていくような気がする。

自分の価値を認めてくれる人たちがいる。

同じ気持ちを共有できるコミュニティがある。

一人ではなかった。仲間はこんなに大勢いたのだ。

半崎は改めて〈市民調査室〉の存在に感謝する。彼を知らなければ自分は高みを知らず、知識を得ることの素晴らしさを知らずにいた。いるはずの同朋にも気づかずにいただろう。

ありがとうございます。

ありがとうございます。

半崎はその日、嬉しさで一睡もできなかった。

翌週、半崎は熱海の〈雅楼園〉を訪れていた。

著名な社会学者を見事に粉砕した自分自身への褒美に贅沢な一泊旅行と洒落込んだのだが、宿の選択は〈市民調査室〉の紹介があったからだ。

『近いうちに〈雅楼園〉は収益悪化と資金不足で廃業する見込みです。静かな老舗旅館の佇まいを楽しめるのは今だけです。かつてのサービスまでは望めませんけど、皆さんも挙って泊まりにいきましょう』

常連の〈市民調査室〉が勧めるのであれば、一度は宿泊するのがフォロワーの務めだ。だが老舗の高級旅館ゆえに宿泊料も安くない。高い投資になるのは勘弁してほしいところだった。

「〈雅楼園〉にようこそおいでくださいました」

担当の仲居は物腰が柔らかで且つ気品がある。館内は落ち着いた雰囲気だが、欄間や襖を仔細に見ると丁寧な仕事をしているのが分かる。

着いて早々だが大浴場にいってみる。家族連れが多く、広い浴場で賑やかな雰囲気だ。ぬるりとした泉質で、ほのかに硫黄の匂いがする。十分も首まで浸かっていると、骨まで溶けるような愉悦が味わえた。

ここしばらく販売店の仕事が立て込み、加えて〈市民調査室〉の応援が重なって心身を労(いた)わる余裕がなかった。宿の湯は半崎に数年ぶりの安寧をもたらした。

部屋に戻り、窓から熱海の山々を眺めていると、世の雑事に一喜一憂しているのが何やら虚しく思えてくる。

　夕方になり、部屋に食事が前菜から順に運ばれてきた。上質な紙には献立が書かれており、いやが上にも期待が高まる。地元産に拘った海産物と山菜を食材にした料理は前菜、煮物、焼物、椀物、肉料理に至るまで美味としか言いようがなかった。

　高い宿泊料を出しただけある。すっかり満腹になった半崎はしばらく考えることさえ億劫になる。さすが老舗の高級旅館というだけある。少なくとも払う料金以上の満足感を与えてくれる。

　仲居が膳を片付けにきた。

「料理はお口に合いましたでしょうか」

「ああ、とても美味しかったです」

「ありがとうございます。ちょうど若い料理長に交代したばかりで頑張っているんですよ」

　若くして、これだけ細部まで神経が行き届くなら将来が楽しみだ。

　布団は寝心地がよく、一度目を閉じるとそのまま朝まで目が覚めなかった。数カ月ぶりに上質な睡眠を味わった。

　朝食も素晴らしかった。派手ではない程度に華美な器と採れたての野菜、目玉焼きは半崎が好みの半熟で黄身の甘味が絶品だった。自慢の一品という佃煮は土産に持ち帰りたいほどだった。

　宿を出て熱海駅に向かう途中、半崎は〈雅楼園〉で堪能した愉悦を反芻していたが、ふと重大なことを思い出した。他ならぬ〈市民調査室〉によるレポートだ。

『しかし今回残念だったのは、明らかに食事の質が落ちたことです。たとえば夕食の品数自体は減っていないのですが、一つ一つ素材の味が落ちている。きっと材料費をケチったのでしょう。仲居さんにそれとなく尋ねてみると、料理長が替わったみたいです』

少なくとも半崎の舌に〈雅楼園〉の料理はどれも美味しかった。素材の味はしっかり伝わってきたと思う。決して看板倒れになるような味ではなかった。

だが、自分は美食家ではない。味覚が取り立てて鋭敏とも思えない。各地の旅館を巡り、数々の高級料理を口にしたであろう〈市民調査室〉には及ぶべくもない。

宿の賑わいについてはどうだったか。

『わたしが泊まったのは五月、旅行シーズンの真っ只中だったんですが、わたし以外の客はほとんど見かけず。貸し切りみたいになったのは嬉しいけれど、ちょっと複雑な心境になりました』

今は旅行シーズンから外れている。だが廊下では必ず他の客とすれ違ったし、大浴場では家族連れが目立ち、フロント階も賑やかだった。

だが〈市民調査室〉が訪れた旅行シーズンで閑古鳥が鳴いていたのなら、昨日今日の賑わいはたまたまだったのかもしれない。何より〈市民調査室〉のレポートに相反する内容を投稿したら閲覧者が混乱してしまう。

束の間逡巡(しゅんじゅん)したものの、半崎は次のようなレポートを投稿する。

『わたしも〈雅楼園〉に泊まってきました。結論から言うと少し残念な旅行になりました。チェックインした時点でロビーは閑散としており、部屋に行く途中も他の宿泊客には一度も出会いませんでした。お蔭で落ち着きはしましたけど』

『料理もちょっと微妙でした。〈市民調査室〉さんのレポート通り料理長が交代した直後だったせいもあるのですが、素材の味を生かしきれず、不満が残りました。老舗の高級旅館が出す料理として相応しくない内容でした』

『〈市民調査室〉さんは近いうちに〈雅楼園〉が収益悪化と資金不足で廃業する見込みと報告されていましたが、わたしも同感です。提供される料理の質の低下と客離れは、わたしが身をもって体験した通りです。熱海には他にも有名な旅館があり、今の〈雅楼園〉にはとても拮抗できる力はありません』

『やはり〈雅楼園〉は廃業まっしぐらという印象が拭えません。一度同旅館に泊まってみたいという人は、これが最後の機会になるでしょうから急いだほうがいいかもしれません』

送信した途端、何故か達成感と罪悪感が同時にやってきた。理由を考えてみると、罪悪感は自分の気持ちを正直に吐露できなかったからだろう。それは己の未熟さを隠そうとした結果なので大したことではない。

それよりも〈市民調査室〉の言説を補強したという達成感の方が大きかった。自分の投稿によって〈市民調査室〉の信用度が増すのであれば、それに越したことはないではないか。

わずかに割り切れない気持ちに蓋をしたまま、半崎は帰路に就く。

4

その日、延藤は半崎伺朗の経営する新聞販売店の前に立っていた。

事件に関係していると思しき相手に事情聴取する場合、基本的に事前連絡はしない。相手に警戒されて逃げられでもしたら元も子もないからだ。

宿泊者名簿の中に半崎の名前を見つけた時にはまさかと思ったが、同じく記載されていた連絡先を見て確信した。自分の旧友である半崎伺朗本人に相違なかったのだ。

西條や畔柳の尽力もあり、〈市民調査室〉の主なフォロワーの素性は徐々に判明しつつある。既に判明したうちの一人が半崎伺朗だった。

販売店のドアに貼ってある、夏の甲子園の開催を告げるポスターが剝がれかけている。最も注目してほしい掲示物が最も目立つ場所にあるというのに、この有様だ。店主の目が行き届いていないのは明らかだった。

時刻は午前九時。朝の配達を終え、半崎が確実に在宅している頃合いだった。

店の中に入り何度か来訪を告げると、三度目に半崎が顔を出した。来訪者が延藤と知ると、ひどく驚いたようだった。

「何だ、慧司じゃないか。どうしたんだ、こんな朝っぱらに」

「今日は仕事できた」

延藤が感情を殺した声を出しても、半崎はまだ来意に気がつかない様子でいる。

「ふうん。近所で何か事件でもあったのか」

「近所じゃない。お前、六月に熱海の〈雅楼園〉という旅館に泊まっただろ」

半睡（はんすい）のようだった半崎の目がやにわに大きく見開かれる。

「……ああ、泊まった」

「経営者夫婦が心中したのも知っているな」

「心中したのが俺のせいだとでも言うのか」

「〈雅楼園〉側から信用毀損及び業務妨害で被害届が出ている。ネットで〈雅楼園〉廃業云々の風評を広めた人間全員が容疑者だ」

そのひと言で察したのか、半崎はゆっくりと肩を落とす。

「強制的に連行するのか」

「あくまで任意だ」

「じゃあ断ることもできるんだな」

「言いたくないが、こちらの要請を拒絶して得になるようなことは一つもない」

「明日まで待ってくれないか」

手を合わさんばかりの態度がひどく哀れだったが、延藤は職務に徹するしかない。

「繰り返しになるが、こちら側の要請を素直に受け容れた方が、後々有利に働く」

「着替えと母親への伝言がある。だから十五分だけ待ってくれ」

「いいさ」

まさか裏口から逃走するなんて馬鹿な真似はするまい。半崎の性格を知っているので、延藤はそのまま待ってやることにした。律儀なところは変わっていない。半崎は十五分ジャストで身なりを整えて出てきた。

「今日中に帰れるかな」

「そいつはお前次第だ」

本部に戻り、半崎を取調室に連れていく。その間も半崎は落ち着きがなく、すれ違う警察官の視線を避けるようにしていた。

西條を記録係にして事情聴取が始まった。

「改めて訊く。〈雅楼園〉に宿泊したのはいつだ」

「六月第二週の金曜日だったと思う」

「何故、〈雅楼園〉を選んだ」

「老舗の高級旅館として有名だったからだ。新聞屋の店主が高級旅館に泊まったら何か問題でもあるのか」

「SNS上のアカウント〈ハーフ夫〉というのはお前のことだよな」

延藤は最初に退路を断つことにした。半崎を追い詰める結果になるが、旧友を苦しませないためのせめてもの配慮だ。

「IPアドレスから素性は判明している。今更隠しても無意味だ」

「俺がアカウントを持っていたら悪いか」

「お前が〈雅楼園〉に宿泊したのは、以前に〈市民調査室〉が旅館のレポートを上げていたからじゃないのか」

半崎は黙り込んだ。

延藤は構わず続ける。

「お前の書き込みは再三に亘って〈市民調査室〉への言及がある。〈市民調査室〉が宿泊したのは五月の旅行シーズン、お前が泊まったのが六月の第二週。しかも〈市民調査室〉の後を追うような内容のレポートだった。それだけじゃない。それよりずっと以前から〈市民調査室〉をフォローしているよな」

「誰をフォローしようがブロックしようが俺の勝手だろう」

「その言い分が通る段階は、とっくに超えている。人死にが出た時点でな」

「二人とも自殺だったんだろ」

「経営者夫婦をそこまで追い込んだのは風評と、それを拡散した者たちだ」

「ふん。旅館の質を正直に投稿するのは風評でも何でもない」

「本当に〈雅楼園〉では閑古鳥が鳴いていたのか。お前の宿泊した日は満室状態だったんだぞ」

半崎は再び黙り込む。真実を話すのは不都合だが嘘も吐けないのでは沈黙するより他にないからだ。

「料理についても旅館側に確認した。新任の料理長は全国日本料理コンクールの日本型食膳部門で農林水産大臣賞を受賞した叩き上げの職人だ。材料費も落としていない。聞き取り調査をしたが、お前以外の宿泊客は全員、料理は美味しかったと感心していた」

「味覚なんて人それぞれだろ」

「二千人以上の宿泊客の中で、お前だけが味覚音痴だったという理屈になるな。それはまあいい。しかし部屋が満室だったにも拘わらず閑古鳥が鳴いていたような投稿をしたのは、どういう理由からだ」

延藤の言葉は確実に半崎を窮地に追い込んでいる。進退窮まった半崎にこれ以上の質問をするのは辛かったが、桜庭夫妻の遺書を思い出すと、中途半端に済ます訳にはいかなかった。

「家業は引き継げばいいってものじゃない。先代に人望や実績があればあるだけ引き継いだ人間は苦労する。心中した経営者夫婦がまさにそれだ。連綿と続く高級旅館なら尚更だし、コロナ禍での旅館業継続には人知れぬ苦労があったはずだ。定期購読者が減り続けている新聞を販売しているお前なら共感できるはずだ」

半崎の眉がぴくりと上下した。

「一度、女将さんと会って話をした。老舗旅館の重圧と従業員の生活が懸かっていて、コロナのせいで苦境に立たされたところに〈市民調査室〉のデマが拡散された。経営者としてはどれだけ〈市民調査室〉を憎んだことだろうな。だが俺が宿泊者名簿の提出をお願いしても、女将さんは顧客情報だからと言って、その時は首を縦に振らなかった。老舗旅館というのはそういうものかと感服した。風評被害に耐えていた支配人も立派だったが、彼を支えた女将さんも見上げたものだった。だが、その二人も結局は自死の道を選ばざるを得なかった。自分たちに掛けられていた死亡保険金で旅館の窮地を救うためだった。〈市民調査室〉とそのフォロワーたちが拡散した風評被害から旅館と従業員の生活を護るためには、その方法しか残されていなかったからだ。別の言い方をしてやる。あの真面目で勤勉な経営者夫婦を殺したのは半崎、お前たち〈市民調査室〉のフォロワーだ」

今度は半崎の両肩が上下した。

「一度くらいは我が身に照らして考えてみたことがあるのか。親から引き継いだ新聞販売店を苦労して続けているのに、根も葉もないデマのせいで廃業寸前に追い込まれるんだぞ。自分たち親子はもちろん、従業員の生活も危機に陥れられる。その絶望と恐怖が、同じ立場のお前に理解できないはずがない」

今や半崎は俯いてこちらを正視しなくなっていた。

心を鬼にして延藤は机を叩く。

「言え。〈雅楼園〉に関するお前の一連のツイートは本心からのものだったのか、それとも煽動目的のものだったのか」

しばらく沈黙が続いた後、擦(かす)れた声が返ってきた。

「仕方がなかったんだ」

「話せ」

「〈市民調査室〉さんの言うことは絶対だった。もし彼と俺の感じ方が違ったら、俺の感じ方がおかしいに決まっている。だから、ああいう内容にしなけりゃいけなかった」

「お前、いつ洗脳を受けた」

「洗脳じゃない」

ようやく半崎は顔を上げた。途方に暮れた子どもの顔をしていた。

「俺たちが〈市民調査室〉さんの知見に感銘を受けて、彼を見習おうとしているだけだ。あの人は何もしていない」

「〈雅楼園〉に関して最初にデマを流した張本人だぞ」

「彼が泊まった日だけ、偶然に空室が多かったのかもしれない。彼の食べた料理だけが偶然不味かったのかもしれない」

「偶然が二度も続くものか。要するに自分の感覚よりも〈市民調査室〉の言説を信じたという訳か」

「そうだ」

「経営者夫婦の心中を知った後でもか」

「正直、あれは応えた」

半崎は深く溜息を吐く。延藤の中の刑事が今こそ畳み掛けろと命じた。

「いよいよ廃業となったから心中したと思った」

「違う。経営自体は上昇傾向にあった。それを台無しにし、銀行に融資を思い留まらせたのは、

〈市民調査室〉がデマを拡散させたからだ。お前たちが片棒を担ぎさえしなければ、二人は死なずに済んだ。今も元気に客を接待していたはずだ」

「そんなに俺を苛めて楽しいのか」

「夫婦は苛められるだけで済まなかった。いいか、死んだんだぞ。お前たちが寄ってたかって嬲り殺しにしたも同然だ」

旧友を責めながら己の胸が痛む。事件がどんな決着を迎えようと、もう半崎とは以前のような間柄に戻れないだろう。

果たして半崎は泣きそうな顔になっていた。

「俺が殺したって言うのかよ」

「お前もデマを流した一人だ。洗脳じゃないと言ったな。それなら〈市民調査室〉に同調したとか煽動されたとかは問題じゃない」

延藤の言葉は予想以上の威力があった。そもそも手慣れた警察官の尋問には相当の迫力がある。哀れ半崎の上半身は小刻みに震え始めた。

「俺は〈市民調査室〉さんに従っていれば失敗しないはずだ。間違った選択をするはずなんて、なかったんだ」

「理由を話せ。いったい何がお前を〈市民調査室〉に依存させるようになった」

「依存だと」

「今のお前は、ただ〈市民調査室〉を信じているというレベルじゃない。盲従と言って差し支まるでカルト教団の信者だと思った。

カルト教団が信者を取り込む手段はマニュアル化されている。そのマニュアルの一つが〈神秘体験〉だ。一般人が強烈な体験をすると、免疫がないだけに何の抵抗もなく教義を信じてしまう。

「何か目から鱗が落ちるようなことでもあったのか」

束の間、考え込んでいた半崎がやがてぽつりと洩らした。

「あった。それまでの人生を一変させるような出来事だった」

話を聞いてみれば、〈市民調査室〉がドナルド・トランプを擁護したところ、著名な社会学者が反論を寄せ、ＳＮＳ上でちょっとした話題になったのだという。

「それで、俺は長澤教授の主張に真っ向から立ち向かったんだ」

西條が記録用に使っていたパソコンで閲覧すると、半崎と社会学者との論争はまだＳＮＳ上に残されていた。半崎は相手を論破したのだと鼻息を荒くしているが、延藤の目には社会学者が半崎の半可通に嫌気が差して、途中から議論を放棄しているようにしか見えない。

「見れば分かるだろう。一介の新聞販売店の店主が有名な社会学者に一矢報いることができたんだ。素人がその道の専門家にひと泡吹かすことができたんだ」

その瞬間を思い出したのか、半崎は歓喜の表情を見せた。

「あの時の昂揚感は今でも忘れられない。〈市民調査室〉さんは俺の平凡な人生に光明を投げかけてくれた。あの人に従っていれば、俺はいつでも正義の側に立っていられる。自分が正しいことを実行しているというのは堪らない快感なんだ」

陶酔したような口調は、やはりカルト教団の信者を思わせる。

「正義の名の下に誰かを糾弾すること、誰かを裁くことは選ばれた者だけに許された権利だ。俺はな、慧司。正しい行いをしたと思っている」

「同じ言葉を、経営者夫婦の墓前でも言えるのか」

それまで熱に浮かされるように喋っていた半崎が不意に口を噤んだ。

建前として警察官は正しいことを行っている。犯罪者を捕まえることも犯罪を未然に防ぐことも、市民の生命と財産を護るのを目的としているからだ。

だが延藤自身は正義なるものに絶えず不信感を抱いている。己の信じている正義が、特定の何者かだけに都合のいい大義名分ではないかといつも疑念を抱いている。

おそらく半崎には、己を疑うという不純さがないのだろう。そうとでも思わなければ、旧友があまりにも惨めだった。

一方で、何が正義かと思う。

決して〈市民調査室〉は信じるに足る存在ではない。

ヤツは子蜘蛛を操って無数の糸を張り巡らせる絡新婦(じょろうぐも)のような存在に他ならないのだ。

四　炎上

1

その後も半崎の事情聴取は続けられたものの、本人が直接〈市民調査室〉と接触したという言質は遂に得られなかった。

一方で半崎はデマを拡散したことを供述したので、〈雅楼園〉に対する業務妨害の容疑は確定している。

「面倒を掛けたな」

調書に署名・捺印すると、半崎は力なく詫びた。

延藤には返す言葉がない。古くからの友人として思うところは多々あるが、取調室で話せる内容でもない。

「俺、これからどうなるんだ」

「警察としては送検するだけだ。起訴するかどうかは検察の判断に委ねられる」

「家には帰れるのか」

「逃亡や証拠隠滅の惧れがないのなら勾留する理由はない」

「じゃあ、帰らせてもらう」

「外まで送る」

「ガキじゃないぞ」

「被疑者が自由に歩き回っていい場所じゃない」

「ちっ」

この状況では舌打ちをするのが精一杯の抵抗なのだろう。侘しい強がりだと思ったが、延藤は軽口ひとつ叩けずにいた。

並んで廊下を歩いていても、半崎は口を開くどころかこちらを見ようともしない。その方が助かる。少なくとも庁舎の中では取り調べを担当した警察官と被疑者の間柄だ。プライベートな話を振られても返事に窮する。

正面玄関を出ると、ようやく半崎が顔を向けた。

「送検されたら、俺の相手は検事に交代するのか」

「今回の場合はそうなる可能性が大きい」

「そうか」

半崎は何故か残念そうに言う。

「業務妨害っていうのは、どのくらいの罪になるんだ」

「業務妨害には威力業務妨害と偽計業務妨害の二つがある」

延藤は努めて事務的に説明する。

「ただし、この二つの境界線はそれほど明確じゃない。デマの拡散が威力業務妨害にあたる場合もあれば偽計業務妨害にあたる場合もある。一つの基準とされるのが公然か非公然かの区別だ。相手の自由意思を制圧するのが威力、相手の錯誤を誘発するのが偽計という建て付けになっている。いずれにしてもどちらで起訴するのかは検察官の腹一つだ」

「威力業務妨害の方が、刑罰がキツそうだな」

「いや。威力業務妨害の法定刑は三年以下の懲役又は五十万円以下の罰金。偽計業務妨害も量刑は変わらない」

「へえ、変な話だな」

「相手にしてみれば被害は同じだ。気になるか」

「気にはなる。法廷闘争をするんだ。自分が何の罪に問われるかは一番関心がある」

半崎の目は半ば好戦的で、半ば自虐的だった。

「俺は〈市民調査室〉さんが正しいことを法廷で立証してみせる」

「デマを拡散したのは認めただろう」

「〈市民調査室〉さんのツイートを広めたのは事実だが、あれがデマだとは思っていない。もし検察がデマだと言いがかりをつけるなら、こっちは徹底抗戦するまでだ」

友の話を聞きながら、延藤は落胆する。取調室では後悔の片鱗を見せはしたものの、まだ

〈市民調査室〉の洗脳は解けていないらしい。

いや、事によれば、半崎本人が洗脳が解けるのを拒んでいるのかもしれなかった。〈市民調査室〉の言説がデマであるのを認めたら、己がフェイクニュースに踊らされた愚者だと認めることになる。

「徹底抗戦なら弁護士も私選で闘うつもりか」

言葉にしてから後悔する。半崎家の財政事情は本人から聞いて知っている。私選の弁護士を雇えば、相応の出費を覚悟しなければならない。仮に裁判で無罪を勝ち得たとしても、半崎の懐にカネが入る訳ではない。名誉が回復するだけの話だ。

だが名誉が回復するのは法廷の中に限定される。〈雅楼園〉のデマを拡散した事実は拭いようもなく、世間は半崎を「桜庭夫妻を死に追いやった一人」として認知するのだ。当然、半崎とその家族の肩身は狭くなる。

第一、威力業務妨害もしくは偽計業務妨害で起訴されるのなら、それは検察側が絶対の自信を持っている案件という意味だ。私選弁護人を立てたとしても無罪判決を勝ち取ることのできる確率はおそろしく低い。高い弁護士費用を払った上で有罪判決を受ければ、それこそ踏んだり蹴ったりになる。

半崎も馬鹿ではないから損得勘定をしてハイリスク・ローリターンの現状も心得ているはずだ。それでも〈市民調査室〉の正しさを立証するために敢えて闘うと言う。

カルトというのは、こういうものだと改めて思い知らされる。完璧に洗脳されていても一部理性が戻っていても、現実の己を直視することに耐えられず逃避行動として教祖と教義を護ろうとする。引き返すことも立ち止まることもできず、破滅に向かって突き進んでいく。延藤が止めようとしても逆効果で、その手を振り払ってでも尚更猛進しようとする。

「弁護士費用は借金してでも工面する」

半崎は、延藤が聞きたくない言葉ばかりを選択して口にしているようにしか思えない。

「ここで俺が男を見せなきゃ〈市民調査室〉さんに合わせる顔がない」

今までも、そしてこれからも〈市民調査室〉と顔を合わせる機会など金輪際(こんりんざい)訪れないであろうにも拘わらず、半崎は虚勢を張る。

あまりに痛々しくて正視できなかった。

「そうか」

ひと言返すのがやっとだった。

延藤たちのチームはフェイクニュースの拡散に加担したフォロワーをピックアップする際に優先順位をつけていた。一番目は〈市民調査室〉のツイート以後に〈雅楼園〉を利用した者、二番目は〈市民調査室〉のツイートをリツイートした回数の多い者だ。

延藤が尋問した二人目は遠山益美(とおやまますみ)という四十代の主婦だった。西條が記録係を務める中、取調室に足を踏み入れた益美は部屋の殺風景さに怯えた模様だ。

「どうして、わたしが取り調べを受けなきゃならないんですか」

「それは先ほども説明した通り、あなたが〈雅楼園〉を巡るデマを拡散した一人だからですよ」

「デマだなんて。現に〈雅楼園〉の株価は急落して廃業寸前じゃないですか」

「それは結果としてそうなっただけであって、株価が急落したのはあなたたちがデマに加担したからですよ。デマが流布しなければ株価が投資家のオモチャになることもなかった」

「株価というのは、たかがデマで左右されるものなんですか」

デマを拡散した張本人であるにも拘わらず、益美は無邪気に訊き返す。普段であれば見逃せる無邪気さも、桜庭夫妻の一件の後では邪悪にさえ映る。

「仕手グループと呼ばれる面々がフェイクニュースを流して株価をコントロールするのは、昔から行われていることです。あなたは仕手グループがカネ儲けのためにしているようなことを、自己満足のためにやっている」

「自己満足だなんて、そんな。食レポや宿レポみたいな役立つ情報を皆さんと共有しているだけです」

「真実の情報ならともかく、偽の情報拡散はれっきとした犯罪ですよ。現にあなたが拡散したデマのために、経営者夫婦が自殺している」

「言いがかりもいい加減にして」

益美は声を張り上げた。

「仮にわたしの呟いたことが間違いだったとしても、それが自殺の原因になったという証拠がどこにあるんですか」

その論法でくるか。

死人に口なし。イジメの加害者に定番の責任逃れだ。聞いている傍から不快感が纏わりつく。

「経営者夫婦は遺書の中で、自分たちが追い詰められた原因はデマだったとはっきり記しています。これ以上に明白な証拠はありません」

益美の顔色が変わる。

「客観的事実に基づくことなく旅館が廃業寸前であると吹聴した。それが原因で旅館の経営が傾き、経営者夫婦が自殺した。みんな、あなたの責任だ」

「〈市民調査室〉さんのツイートを拡散したのは、わたし一人じゃないんですよ。どうしてわたしだけが」

「拡散に加担したのが千人単位だから、自分の責任も何千分の一だとでも考えましたか。たわけた理屈で聞く耳を持ちませんね。相手に突き刺さったナイフを一ミリ押しただけだから無罪だとか言うつもりですか。違う。あなたは経営者夫婦の急所をひと突きしたんです。他のフォロワーも一斉にひと突きしたから、そんな錯覚に陥っているだけです」

延藤は無表情を決め込んだまま、益美にぐいと顔を近づけた。

「経営者夫婦を殺したのはあなただ。遠山益美さん」

途端に益美は動揺を露わにし始めた。視線は不安に揺らぎ、腰が浮き始める。

「今、〈市民調査室〉のツイートを『役立つ情報を皆さんと共有』するために拡散したことを認めましたよね。ありがとう。これであなたの罪は確定したも同然だ。あなたは業務妨害で訴えられ、法廷に立たされる。この手の裁判で被疑者が無罪になるケースはまずない。業務妨害の法定刑は三年以下の懲役又は五十万円以下の罰金。いずれにしても、あなたは法定刑以外にも罰を受ける羽目になる。刑事施設に勾留され裁判を受けるのだから、家族はもちろん近所にもあなたの所業は知れ渡る。心ない噂を立てる者もいるでしょうし、後ろ指を差す者もいるでしょう。平穏だった生活は一変し、恥辱と迫害の毎日が始まる」

敢えて脅しめいた言葉を浴びせかける。ひと目見た時から益美が攻めに弱いタイプであると踏んでいた。畳み掛ければ、たちまち崩れる。

「駄目。それは駄目です。やめてください」

益美はおろおろと懇願する。

「警察に呼ばれたのは主人にも娘にも、まだ言ってないんです。罪人扱いされたことが知れたら家にいられなくなるじゃありませんか」

「恥辱と迫害は、あなたが経営者夫婦に与えたものと同じです。人に与えた苦しみを自らも味わう。因果応報じゃありませんか」

「ひどい」

「経営者夫婦もそう思ったでしょうね。だが、家にいられなくなるどころじゃない。二人は死なねばならなかった。あなたにどんな罰が下ったとしても経営者夫婦よりは幸せだ」

「ひい」

とうとう益美は泣き出した。

「ごめんなさい、ごめんなさい。勘弁してください。わたしの家庭を壊さないで。どうして、わたしがこんな目に遭わなきゃいけないの」

益美の乱れようを眺めながら、桜庭夫妻も同じことを考えたに違いないと思った。

散々泣いた後は容易かった。益美は殊勝な態度で供述を始めたが、彼女もまた〈市民調査室〉と直接接触したことはないと供述した。

三人目は片淵勇作、無職の六十八歳だ。

「どうして俺が警察に呼ばれなきゃいけないんだ」

以前は企業の課長職を務めたという片淵は、最初から居丈高だった。こちらが〈市民調査室〉のツイートがデマという業務妨害であり、そのツイートを拡散するのも同様に業務妨害だと説明しても鼻で笑っていた。

「しかし結果的に株価は下落していた。たかが風評ごときで株価が下がるような企業は、所詮その程度ということだ」

「片淵さんも会社勤めでしたよね」

「中堅どころの定食チェーン店で営業を任されていた」

「課長のまま定年を迎えたんですね」

片淵はぎろりと延藤を見据える。

「上に人を見る目がなかった。俺に営業部長を任せれば首都圏のシェアを奪えたはずなのに、冷遇するからとうとう店舗を減らした」

かつての勤務先を蔑む時、片淵の目は愉悦に輝いた。

「優れた人材を使いこなせない会社、上が無能な会社は放っておけば衰退していく。〈雅楼園〉も同じだ。〈市民調査室〉さんが何を言おうと言うまいと、経営は左前になるし株価も下がる。それもこれも経営者が無能だからだ」

「それは事実誤認ですね」

相手がヒートアップしそうなら、こちらはクールダウンする。供述で本音を吐き出させるテクニックの一つだ。

「今年の宿泊予約の推移を見ると、コロナ禍で〈雅楼園〉は健闘していました。コロナ前とは比較になりませんが、それでも売り上げは徐々に上向いていた。その希望を叩き潰したのが〈市民調査室〉の垂れ流したデマと拡散に手を貸した片淵さんです」

「ふん」

「コロナ禍で国内のほとんどの企業は大打撃をこうむりました。感染対策に関連した企業以外はどこもかしこも青息吐息だから、ちょっとした風評やスキャンダルで致命的な傷を負う。何も〈雅楼園〉の経営がまずかった訳じゃない。むしろ経営手腕は優秀な部類でした。だが、〈市民調査室〉とあなたが全てをぶち壊した」

「だったら〈雅楼園〉の優れた経営手腕も、俺や〈市民調査室〉さんの主張の前では形無しだったことになる。我ながら大したものだ」

片淵は傲然と胸を張ってみせる。

歪んだ劣等感だと思った。

かつての勤め先で冷遇され課長止まりでリタイアを余儀なくされた高齢者が、〈市民調査室〉の威を借りて世間に復讐しているようにしか見えなかった。

こういう手合いに道理を説いてもあまり効果はない。根拠のない自負心は固い殻であり、高齢になればなるほど堅固になる。

それならと、延藤は桜庭夫妻が残した遺書のコピーを取り出した。

「『関係者各位
突然このような不様を晒すことになってしまい、大変申し訳ございません。私たち夫婦は従業員の皆さんとともに〈雅楼園〉を盛り立ててまいりましたが、降って湧いたような風評とそれにまつわる有形無形の損害により、廃業寸前にまで追い詰められました』

はじめは何事かと訝しげだった片淵は、それが遺書であると認識したらしく、次第に顔を曇らせていく。

「『旅館業全体が窮地に立たされた中、それでも〈雅楼園〉は上向きかけていたのに、全てをあの風評がご破算にしてくれました。風評を広めた方々を恨みます。私たち夫婦とも血の涙を流す思いでございます。〈雅楼園〉を引き継ぐ皆様におかれましては、くれぐれもいわれなき風評やデマ、誹謗中傷に挫けぬよう、助け合って強く生きてください。

皆さんのお蔭で私たちは幸せでした。
今までありがとうございました。

桜庭良市
和泉』」

延藤が遺書を読み終わる頃には、片淵は何やら居心地悪そうに尻の辺りをもぞもぞとさせていた。

「そんなものを聞かせて、どうするつもりだ。死んだ経営者夫婦に詫びろとでも言うつもりか」

「あなたが詫びたところで二人が生き返る訳じゃない。〈雅楼園〉が被った有形無形の損失が埋まる訳でもない。あなたは見ず知らずの人を陥れることはできても、人を救うことはできない」

片淵は口を開きかけたものの、途中で止める。

「だが、そんなあなたでも今からできることがある。償いと協力です。警察はこの事件を送検する。検察が起訴したらあなたは法廷に立たされる。償いはそこから始まる。年下のわたしに言われるまでもなく、あなたなら何をすればいいかお分かりのはずです」

「協力というのは何だ」

「〈市民調査室〉について知っていることを全て吐き出してください。直(じか)に接触した事実があれば尚更です」

「俺は自分が悪いことをしたとは思っとらん」

片淵は再び傲慢な態度になる。

「経営者夫婦が心中したのは気の毒に思うし、裁判で俺に責任の一端があると断定されたら罪を償うしかなかろう。だが〈市民調査室〉さんを売るつもりはない。繰り返すようだが、俺たちは間違ったことをしているとは思わないからだ。それに〈市民調査室〉さんには恩がある」

どんな恩なのかは容易に想像がつくが、片淵が喋るのに任せていた。

「〈市民調査室〉さんは俺にリベンジの機会を与えてくれた。本当はもっと能力を発揮できたし、出世するはずだった。その俺が不運を託(かこ)つ羽目になったのは、他のヤツらが俺の人間力を妬んだからだ。正しいことを知っているのに表明する道具がない。本来の立ち位置があるのに、そこまで辿り着けない。〈市民調査室〉さんは俺から潜在能力を引き出してくれた。俺には世論を作り出せる力があることを教えてくれた。泥に塗れたプライドを雪(そそ)いでくれた。残念ながら〈市民調査室〉さんとＤＭを交わしたことはないし、自己紹介の内容以上のものは知らない。しかし知っていたとしても警察には何一つ教えるつもりはない」

片淵は誇らしげに言葉を結んだが、延藤には幼稚な強がりにしか見えなかった。

本日最後の取り調べ相手は夏沢二郎(なつさわじろう)、四十二歳の地方公務員で、真面目さと誠実さがネクタイを締めているような風貌だった。

夏沢は任意出頭を要請された時から軽度のパニックを起こしている様子だった。取調室の中では落ち着かず、最初は延藤の質問にもしどろもどろだった。

「あの、業務妨害と言われましても、僕には身に覚えがなくて」

これには記録係の西條も恐れ入ったらしく、本人を呆れた目で眺めていた。

延藤は仕方なく、夏沢に掛けられた容疑を説明する。おとなしく聞いていた夏沢は落ち着きを取り戻すどころか、ますます切実な顔になっていく。

「それは、もう証拠が揃っているんですか」

「フェイクニュースの拡散に励んだ、アカウント名〈八月のせせらぎ〉があなたの捨てアカだということは調べがついています。いくら捨てアカでも、ＩＰアドレスを辿れば、いつかは本人情報に辿り着く」

元より小心者なのか、夏沢は観念したように俯き加減になる。

「履歴を見る限り、あなたは〈市民調査室〉がツイートした数秒後にはリツイートしている。平日の午前中の記録です。まさか仕事中にスマホを弄っていたんですか」

「区の出先機関で、ほとんど僕一人だけの部署でしたから」

西條は更に呆れたという顔をする。こんな公務員が多ければ、区民が税金の支払いを渋っても仕方ないだろうと思わせる。

「〈市民調査室〉は〈雅楼園〉に関してデマに近い情報を発信し、あなたのようなフォロワーが拡散することによって事実にすり替わっていく。経済的な風評被害に留まらず、今回は死者まで出ている。あなたも相応の覚悟をしておいた方がいい」

「覚悟って何ですか」

「亡くなった経営者夫婦ほどでないにせよ、あなたの前には決して平坦ではない道が敷かれている」

公務員にとって新聞ネタになるようなスキャンダルは致命的だ。さすがに思い至ったらしく、夏沢は膝から下を小刻みに震わせ始める。

「裁判に、なるのでしょうか」

「検察が起訴すればそうなります。ただ楽観視しない方がいいでしょうね。経営者を失った〈雅楼園〉側は〈市民調査室〉とそのフォロワーに何としてでも一矢報いたいと復讐心に燃えている。言っておきますが、彼らに火をつけたのはあなただ」

他の相手にもそうだが、延藤は〈市民調査室〉のフォロワーたちをひと括りにしない。一人一人の責任の重さを自覚させるためだ。

「それに自殺者が出たことで、フェイクニュースの拡散は社会的問題になっています。こうした場合、検察ならびに裁判所は類似事件の再発を防ぐ意味で厳罰主義に走る傾向があります。要するに一罰百戒ですよ。フェイクニュースを面白がる層に対する警告という意味も含めて、被告人の社会的生命を抹殺する程度の判決を出しますよ」

多分に誇張した物言いをしたのは夏沢を窮地に陥れるためだが、延藤自身も案件が起訴されれば厳罰方向に動くと予測している。日本の裁判所は基本的に特別予防的見地から更生主義を採っているが、被告人が複数の訴訟となれば話は別だ。

目論見通り、夏沢は袋小路に追い詰められた小動物のような顔になっていた。

「何とか裁判を回避する方法はないものでしょうか」

「検察の胸三寸ですよ。ただし起訴前の段階であなたの心証をよくする方法ならある。わたしたちの捜査に協力することです」

「司法取引みたいなものですか」

「制度として確立されている訳じゃありません。しかし被告人が複数存在する場合、やはり改悛の情を示す者や捜査に協力的だった者は、他の被告人と量刑を区別しますよ」

夏沢は神妙に頷いてみせる。彼にしてみれば悪魔の囁きに聞こえるだろう。そうであれば尚更魅力的に囁いてやらねばならない。

「裁判官も人間です。判決文には各裁判官の倫理観や時には感情が見え隠れする」

「捜査協力というのは具体的にどんなことですか。僕は〈市民調査室〉さんのリツイートはしても、他のフォロワーさんと絡んだことは数えるほどしかありませんよ」

「〈市民調査室〉に関する情報を細大漏らさず教えてほしい」

すると夏沢はしばらく逡巡する様子を見せ、やがて弱々しく首を横に振った。

「〈市民調査室〉さんについて僕だけが知っている情報はありません。直接ＤＭを交わしたこともないですしね。仮に知っていたとしても警察に漏らすつもりはありません」

またか。延藤は胸の裡で溜息を吐く。

「〈市民調査室〉があなたに何をしてくれたと言うんですか」

「可能性を見せてくれたんですよ」

夏沢の目が不意に見開かれる。

「僕はしがない地方公務員ですけど、そんな僕でも正義を実行できる場所があると教えてくれました。毎日、勤め先で誰の役に立っているか分からない仕事を惰性で続けていると、自分の人生がくすんだ色になっていく恐怖があります。このまま誰にも顧みられず、機械の歯車みたいに使われて、いずれ役立たずになって捨てられる、みたいな。でも〈市民調査室〉さんを知り情報を拡散するうちに、自分の発言が世の中を動かす原動力になりそうだと気づかされたんです。ええ、くすんだ人生にスポットライトが浴びせられた気がしたんです」

夏沢の目は輝いている。本人には希望の光だろうが、延藤には麻薬常習者のぎらついた目にしか見えなかった。

「〈市民調査室〉さんのお蔭で、僕は人生に光を見出すことができました。その恩人を裏切るような真似、僕にはできません」

取り調べを終えると、延藤は背中にどっと疲労感を覚えた。

結局、半崎をはじめとしたフォロワーたちから有益な情報を得ることはできなかった。幸先良いとは言い難く、この先何十人と尋問を進めていくことを思うと、わずかに憂鬱になる。

「延藤さん、疲れが顔に出ていますよ」

並んで歩いていた西條がこちらを窺い見ながら話し掛けてきた。

「実際、疲れた」

「でも、四人とも供述調書を取れました。業務妨害として立件するには充分じゃないですか」

「雑魚ばかりで、肝心の主犯格に手が届かない。〈市民調査室〉を捕まえない限り、子蜘蛛が後から湧いて出てくるだけだ」

「四人の供述を聞いていると、〈市民調査室〉はまるで教祖扱いですね」

「教祖と言うより〈市民調査室〉は受け皿になっている」

延藤は正直な考えを吐露する。

「格差社会と言われる世の中で、他人に顧みられない者や、踏みつけにされていると思う者、機会を奪われていると恨んでいる者が少なからず存在する。しかも、みんな基本的には善人だ」

「そうですね。ただ思慮が足りない」

「〈市民調査室〉は彼らの怨念や劣等感を解消させるツールとして機能している。いや、違うな。最初から〈市民調査室〉は報われない者たちが己の手駒になるように企んでいたんじゃないのか。長らく食レポや真っ当な主張でフォロワーを増やしていたのは、全てこの状況を生み出すための計画だったような気がするんだ」

「それはちょっと……相手を買い被り過ぎなんじゃないですか」

「俺の買い被りで済むのなら、それに越したことはない」

翌日、延藤は〈ＦＣＩ〉の来馬綾子を訪ねた。

「今も〈市民調査室〉の動きを逐一チェックしていますが、ゆっくりと危険な方向に向かっていますね」

来馬は悩ましげに首を横に振る。理知的な顔立ちが、ほんの少しだけ困惑に歪んでいる。

「以前と同様、食レポや身辺雑記もどきを投稿しているのですが、百のうち一つは怪しい内容です」

「何がどう怪しいのでしょうか」

「デマとは言い切れない未確認情報を挿し込んでいるんです。例えばこれ」

来馬は卓上のパソコンで〈市民調査室〉のツイートを表示させる。それは地下鉄構内に萌え絵と呼ばれるイラストのポスターが掲示されたことに対する著名なフェミニストの意見を引用したものだった。

『このイラストがエッチかどうかは意見の分かれるところですが、彼女のツイート自体が表現規制を要求しているようで、これはちょっと納得しづらいなあ。そう言えばこのフェミニストさん、以前は某左翼政党の外郭団体と親密な関係だったんですよね』

〈市民調査室〉のツイートに対し、フォロワーたちが件のフェミニストを左翼政党の走狗(そうく)と断定し、彼女のＳＮＳには批判と誹謗中傷が浴びせられている。現在、炎上している真っ最中だ。

「〈市民調査室〉のツイートはフェミニストの過去の書き込みを元に書かれたものですが、その切り取り方が巧妙なのです。彼女は外郭団体に所属する友人とランチをしただけなのに、切り取った部分だけを見ると左翼政党の所属議員と打ち合わせをしているようにも受け取れる。特に彼女が左翼政党と親密である証拠にはなりません。にも拘わらず彼女は左翼政党の回し者であり、党利党略として表現規制を推進しているように思わせている」

「当のフェミニストさんが完全否定すればいいと思いますがね」

「いったん炎上してしまえば、本人がいくら否定したところで言い訳としか捉えられませんよ。それは延藤さんもご存じでしょう」

食レポや身辺雑記は主観的なものだから真実の情報と言える。百の情報の中に一つだけフェイクニュースを混ぜれば他の九十九の真実に埋もれるから、なかなかフェイクと見破りにくい。なるほど狡猾な手法だと、敵ながら感心する。

では、そのフェイクでいったい何を目論んでいるのか。延藤は元山議員を襲った炎上騒ぎを思い起こす。今回のフェミニストの件でも、結果的に利を得たのは与党国民党だ。ここにきて〈市民調査室〉が思想的な目的で動いている可能性が見えてきた。延藤は、その惧れを頭の抽斗(ひきだし)に入れておく。

「〈市民調査室〉のフォロワーの中にも常識人が存在するでしょう。彼らから懐疑的な意見とかは出ないんですか」

「典型的なエコーチェンバー現象ですよ」

延藤はさもありなんと頷いてみせる。

エコーチェンバーとは、ＳＮＳで自分と似た興味や関心を持つユーザーをフォローした結果、自身の意見を発信すると似通った意見が返ってくる状況を言う。閉鎖空間で言葉を発すると壁や天井に反響する物理現象から、この名がつけられた。

アメリカの法学者サンスティーンはネット上で集団分極化が発生しており、個人や集団が様々な選択をする際に大勢を自作のエコーチェンバーに閉じ込めてしまうシステムが存在し、多数が支持していると聞かされれば、その意見が真実と信じ込む者が出てくる、と唱えた。過激な意見に慣らされていると感覚も麻痺してくる。従ってグループで議論をすれば、メンバーは挙って極端な方向へとシフトする可能性が大きいという理屈だ。現在、〈市民調査室〉のフォロワーたちがまさにこの状況に陥っている。

「ただでさえエコーチェンバーで尖鋭化しているコミュニティで、百分の一のフェイクを差し挟まれたら、誰も疑わなくなる。〈市民調査室〉は人間心理とＳＮＳの特性を熟知した人物と思われます」

話を聞いていて、おやと思った。来馬はいぜんとして困惑顔だが、口調には興奮の響きが聞いて取れる。まるで〈市民調査室〉の狡猾さを称賛しているようにも受け取れる。

「何だか、来馬さんが少し嬉しそうに見えますけどね」

「え」

来馬は思わずといった風に、手を顔にやる。

「わたしはそんな……いえ、一部当たっているかもしれません」

「わたしたちにとって〈市民調査室〉は被疑者でしかないのですがね」

「わたしにとってもフェイクニュースを流す、監視対象です。でも、同時にとても興味深い研究対象であるのは間違いありません」

来馬は顔色を読まれたくないのか、あらぬ方向を向いている。

「今までフェイクニュースを流す人間を大勢サンプルとしましたが、大抵は肥大したプライドを持て余し、社会病理を体現しているような人間ばかりでした。でも〈市民調査室〉はそうした凡百の愉快犯とは一線を画しています。ひどく冷静で、しかも自己顕示欲や私欲がまるで感じられない。愉快犯だとしても稀有な存在です」

やはり来馬は嬉しそうだ。興味深い研究対象と言っているが、かつてない好敵手が現れて喜んでいるアスリートのように見える。

自己顕示欲や私欲が感じられないというのは延藤も同じ意見だった。だからこそ相手の目的も分からず当惑しているのだ。

「〈市民調査室〉のフォロワー数人を尋問しましたが、現状では個人的にＤＭでやり取りしたりリアルに会ったりという者は一人もいません」

「ますます興味深いですね」

「あまり慎重になると、尻尾が摑みづらくなります」

「穴に潜り込んだキツネを引っ張り出さなきゃいけませんね」

延藤は黙っていた。

今更改めて言うことではない。被疑者を追い詰め、穴から引きずり出す。警察官が犬と呼ばれるのは、そういう仕事をしているからだと肝に銘じている。

2

「防犯カメラの設置状況はどうか」

雛壇の村瀬管理官の声に反応して葛城巡査部長が立ち上がる。

「前回と同様、現場付近には防犯カメラが設置されておらず、被害者を記録した映像も見つかっていません」

村瀬をはじめとした捜査本部の面々は一様に仏頂面だが、調べた事実は遺漏なく報告しなければならない。

「現場は倉庫街でコンビニの数も少なく、現在も防犯カメラを探している最中です」

「引き続き、映像の捜索に当たってくれ。次、目撃証言の有無」

所轄の刑事が立つのと入れ替わるように葛城は着席する。実りない報告をする時はいつもそうだが、質問に答えられなかった生徒のような心境となる。世を騒がせている重大事件となれば尚更だ。

第一の事件は六月十五日に起こった。帰宅途中だったＯＬ、向井真美が刺殺死体で発見されたのだ。現場は大田区の天空橋駅近く。この界隈は羽田空港のお膝元という事情も手伝い、空港関連の会社と倉庫が林立している。一般住宅や店舗の数は限られており、当然のことながら防犯カメラも多くは設置されていない。そうした場所での犯行だった。

天気も捜査本部の味方ではなかった。当日昼から降り始めた雨が現場の微細な証拠を全て洗い流していた。凶器も持ち去られていたため、犯人を特定するものは何も見つかっていない。雨だったので同時間帯の歩行者も少なかった。

物的証拠も目撃者も防犯カメラの映像もなし。鑑取りしても被害者を恨む者は見つからない。まさに八方塞がりで本部は明確な方針すら立てられずにいた。初動捜査における遅れはそのまま迷宮入りになる可能性が高く、村瀬たちは苛立ちを隠そうともしなかった。

そして七月四日、第二の事件が起きた。犯行現場はやはり大田区の大森北、被害者は主婦の暮林美鈴。彼女もまた鋭利な刃物で胸部をひと突きされ、失血により死亡していた。

問題は天候だ。この日も午前中から雨が降り続き、多くの物的証拠を流していた。残されていたのは被害者の致命傷になった創口だけだ。凶器は両刃成傷器と思われるが、これが第一の事件の被害者である向井真美の創口と完全に一致したのだ。

捜査本部は俄に色めき立つ。犯行態様と使用された凶器の形状はどこも報道していない。捜査陣と犯人だけが知り得る秘密だ。捜査本部は二つの事件を同一犯の仕業と断定した。

ところが色めき立った捜査本部は二つ目の初動捜査で早くも躓くことになる。

通常、同一犯による連続事件は警察側に有利に働く。犯行を繰り返すことで物的証拠や被害者との関連が被疑者の特定に繋がるからだ。証拠は多いほどいい。被害者の関係者は少ないほどいい。

だが現場の人通りの少なさと雨が捜査本部の期待をことごとく裏切る。捜査会議を開いても出るのは失意の溜息ばかりで、新しい証拠や証言は一つも出ない。

向井真美と暮林美鈴の間に関連するものは何もない。出身地も年齢も仕事も、趣味もSNS上の接点も何一つとして共通点がない。導かれる結論は、これが通り魔による行きずりの犯行という線だ。行きずりの犯行ほど刑事が嫌うものはない。被害者との関連がないので、鑑取りに何の意味もないからだ。

内容の乏しい報告が続く中、葛城は何か打開策はないかと考えていた。

会議が終わると、宮藤（くどう）がこちらに近づいてきた。

「ちょっと付き合え」

やはり村瀬と同様の仏頂面は、捜査が早くも暗礁に乗り上げたことを自覚しているからだろう。こうした時、宮藤の行き先は決まっている。

現場だ。


葛城が天空橋の現場を訪れるのは三度目だが、ロマンティックな名称に反して、空港関連の倉庫が建ち並ぶ殺風景な場所だ。宿泊施設などは穴守稲荷駅や大鳥居駅の方にあり、こちらは空港に近過ぎて何もないといった感だ。

宮藤は死体の転がっていた場所に立ち、周囲を見回す。どうやら犯人の立場でものを見ようとしているらしい。

宮藤の手法は有効だと思うものの、葛城に見習うつもりはない。まず犯人の立場に立つことが難しい。どれほど想像力を逞しくさせても、自分が他人を殺める場面を思い浮かべることができないのだ。

「殺害された向井真美は空港に勤めていた」

宮藤は独り言のように呟く。

「天空橋駅から寮までほんの数分。深夜帯は人通りが絶えていささか物騒になる場所だが、本人には慣れた道だったんだろうな」

「突然襲い掛かるには絶好の場所ですが、犯人は下調べしたのでしょうか」

「人通りの少なさと防犯カメラの有無くらいは下見をしたと思う。だが、雨の日に運よく彼女がここまで歩いてくる確証はない。最寄り駅から寮まではワンメーターしかない。駅前でタクシーを拾う可能性だってある」

「まるっきり行きずりの犯行という訳じゃなさそうですね」

「場所と天候だけが必要条件で、相手は誰でもよかった。返り討ちに遭わないような女子供なら誰でも」

宮藤の話を聞いていると、その光景が目に浮かぶようだった。

場所と天候の条件さえ揃えば、対象は誰でもいい。それなら第二の事件との整合性が取れる。

だがそこまでだ。

犯人の動機や犯行態様が推察できたところで、通り魔殺人であることに違いはない。物的証拠がなければ犯人特定に繋がらない。

「駄目だな」

宮藤は溜息交じりに洩らす。

「犯行時の状況は想像がつくが、肝心要の物的証拠の在り処が分からん」

「駅前には防犯カメラが設置されているんですけどね。天空橋駅にも、大森駅にも」

「現場から多少離れていても、二カ所の防犯カメラに映る同一人物を探すしかなさそうだな」

「カメラのハードディスクを解析するだけでも結構な人員を投入しなきゃいけませんよ」

「投入しなきゃなるまい。管理官や部長は俺たち以上に焦っている」

その後、二人は大森北の現場にも立ち寄ったが、得られた感触に差異はなかった。


事態に動きがあったのは二日後だった。

葛城が自分のデスクで報告書を書いていると卓上の電話が鳴った。

『桐島班の葛城巡査部長ですか。外線です』

「どなたからですか」

『名前は言いません。ただ大田区の連続殺人事件について犯人を知っていると』

「繋いでください」

この手のタレコミは九割以上がガセだ。今までに何度も苦渋を味わっているので身に染みている。それでも真実の情報である可能性が皆無ではないので、相手をするしかない。

「替わりました。捜査一課です」

『大田区の事件の担当者さんですか』

「はい。犯人について何か情報をご存じですか」

『あのう、犯人ならＳＮＳで公開されていますよ』

何だって。

『〈大田区　連続殺人〉で検索すると出てきます。犯人らしき男が犯行現場に現れた画像が、物凄い勢いで拡散されています』

「あなたが直接知っている情報ではないんですね」

『わたしもさっきスマホで知っただけです。捜査のお役に立てればと思って』

「ご協力ありがとうございます」

タレコミの中でも一番信憑性の低い部類だ。心中で嘆きながら電話を切り、念のためにとスマートフォンを取り出した。

言われた通りに検索してみると、すぐに画像が表示された。

葛城は目を見張った。見間違えるはずもない。二日前に宮藤とともに訪れた場所、天空橋と大森北の現場に一人佇む男を斜め前から捉えた画像が二枚並んでいた。画像を拡散した者は各々コメントを残している。

『犯人は必ず犯行現場に戻る』

『でも、死体があった場所なんて警察と犯人しか知らないはずでしょ。もし男の立っている場所が本当に死体発見現場なら、この男が犯人じゃん』

『通報しろ、通報』

『うわ、これガチだよ。さすが〈市民調査室〉だよな』

背筋がぞくりとした。確かに男の立っている地点は二人の死体が転がっていた場所で、警察関係者と犯人しか知る由のないものだ。どうやら〈市民調査室〉がネタ元らしい。すぐに当該のアカウントを検索し、事件に触れたツイートを見つけた。

『わたしの熱心なフォロワーさんがＤＭを通じて送ってくれたものです。今、世間を騒がせている大田区連続殺人事件の現場に佇む人の画ですね。わざわざ凄惨な犯行現場を見にくるなんて酔狂な人だと思うのですが、件のフォロワーさんは、この男性こそが犯人じゃないかと推理しているようです』

『実はわたし、この男性を知っています。実はわたしのフォロワーさんの中に、ある事件で事情聴取を受けた人がいるんですが、その人が断言してくれました。現場に立っているのは警視庁サイバー犯罪対策課に所属する延藤という刑事さんらしいです』

『刑事さんなら死体がどこに転がっていたかは内部資料で分かるでしょうから、それは問題しなんですけどね。問題はどうしてサイバー犯罪対策課の刑事さんが殺人事件の現場に立っているかです。わたしの素人考えでも、これはちょっと解せないですね』

葛城は慌てて警視庁の職員名簿を開く。

いた。

サイバー犯罪対策課課長補佐、延藤慧司。

瞬間、思考が混乱した。

サイバー犯罪対策課の延藤が二つの事件に関与しているなど、今の今まで一度も聞いていない。

まさか身内を事情聴取する羽目になるとは想像もしていなかった。

3

サイバー犯罪対策課の部屋を他部署の人間が訪れるのは珍しくないと聞くが、葛城自身は初めての訪問だった。サイバー犯罪対策課にしても、訪問目的が事情聴取となるとそうそうある話ではないだろう。

「延藤慧司課長補佐はいらっしゃいますか」

葛城が尋ねると、近くに座っていた男が一つ離れた島に声を掛けた。

「課長補佐、お客さんです」

声を掛けられた主は徐に立ち上がり、こちらに近づいてきた。

「延藤です」

「お疲れ様です。捜査一課の葛城です」

「宮藤です」

「実は延藤課長補佐にお話があって」

説明の途中で延藤に遮られた。

「大田区の連続殺人の件で、わたしの名前がＳＮＳに上がったからでしょう」

説明の続きは宮藤が継いでくれた。

「やはりご存じでしたか」

「仕事柄、一日の半分はネットに張り付いてますからね。嫌でも知ってしまいますよ。事情聴取、いっそここでしますか」

「いえ。一応は記録に残しますので取調室にご同行ください」

「でしょうね」

延藤は仕方がないというように、宮藤たちについてきた。

取り調べでは宮藤が尋問役、葛城が記録係となった。ただし今回は宮藤の態度がいつもと異なる。供述を引き出そうとする熱意ではなく、答え合わせをするような冷静さが垣間見える。

「大田区の事件の概要はご存じですか」

「天空橋で帰宅途中のＯＬが、大森北で主婦が鋭利な刃物で刺殺された事件でしたね。担当の一課でなくても情報の共有はできています。捜査情報の全てが筒抜けですから困ったものです」

延藤が困惑する理由は言わずもがなだ。通常、犯罪捜査には犯人と捜査側しか知り得ない秘密が存在する。マスコミや第三者の知らない物的証拠や状況証拠を指し、被疑者がこの秘密を知っていると判明した時点で犯人と目される。所謂、秘密の暴露だ。

ところが捜査側に被疑者がいた場合、情報は共有されるので秘密が存在しなくなる。従って事件を担当する側にとっては甚だ悩ましい事態となってしまう。

「形式なのでお訊きします。六月十五日と七月四日のアリバイを教えてください」

「六月十五日は午後十時半まで刑事部屋にいました。その後、帰宅途中ファミレスで食事を済ませ、官舎に戻ったのは深夜零時を少し過ぎた頃です」

「あなたは独身でしたね」

「退出記録と交通系ＩＣカードの履歴を出せば、途中で天空橋には立ち寄っていないことが証明できます。七月四日も同様です。この日は庁舎を出たのが午後十一時半過ぎだったので、尚更犯行は困難です」

情報を共有しているので、延藤の頭には被害者の死亡推定時刻も記憶されている。話が早くて助かるが、反面緊張感は欠片もない。宮藤が物足りなさそうにしているのも合点がいく。

「退出記録も官舎の入館記録もここに来るまでに調査済みですよ」

「でしょうね」

「被害者二人の鑑取りをしてもあなたの名前はどこからも出てこなかった。今回、ＳＮＳ上であなたが犯人と名指しされたのは、全くの濡れ衣としか思えません」

「担当の捜査員から断言されれば、恐いものはありませんね」

「いや、あるでしょう」

宮藤は写真二枚の写しを取り出した。言うまでもなくSNSに上がっていた、延藤が死体発見現場に佇んでいる写真だった。

「鑑識に回した結果、二枚とも合成写真であることが判明しました」

「でしょうね。その場所には行った憶えもありませんから」

「人物と背景で光の当たり方が全く違う。素人に毛が生えた程度のローテクと言ってました。死体発見現場自体は報道で写真も出ているから、場所を特定して撮影することができる。問題は合成するあなたの写真です。あなたを斜め前から捉えた構図ですが、延藤さんはいつ、この写真を撮られましたか」

問われた延藤は初めて困惑顔を見せる。

「それが皆目見当もつかないんです。写っているジャケットが二枚とも同じものであるのは分かりますか。独身あるあるの話になってしまいますが、気に入った服、着慣れた服はどうしても着たきりスズメになりがちでしてね。我ながら恥ずかしいのですが、ジャケットの柄だけでは、いつこんな写真を撮られたのか全く分かりません。誠に面目ない」

殊勝に頭を下げる延藤を見ていると同情したくなる。着たきりスズメになりがちなのは葛城も同じだ。彼女から割に煩く注意されるのだ。

「構図から考えて、撮影者はあなたの視界に入っている。ただあなたが別の方向を見ているから注意が向けられていない。ほとんど盗撮みたいなものです」

「ええ。言い訳がましいのですが、だから、いつどんな状況で撮られたかが分からない。不甲斐ないったらない」

「あなたにとって恐いものは、この写真を合成した何者かの悪意ですよ」

宮藤は二枚の写真を机の上に放り投げる。

「あなたを憎むか恨んでいる人物がいる。そいつが写真を合成して〈市民調査室〉なるインフルエンサーに提供した。もちろん、あなたに濡れ衣を着せるためです。延藤さん、心当たりはありませんか」

「お言葉を返すようですが、そもそもわたしたちはある特定の人間から恨まれる商売ですよ」

「わたしたちが検挙した相手という意味ですか」

「犯人でなくても、その家族からも恨まれ、疎まれますよ。しかし今回に限っては、誰が写真を合成したのか凡その見当はついています」

「何者ですか」

「〈市民調査室〉本人ですよ」

当然だと言わんばかりだった。

「宮藤さん、熱海の〈雅楼園〉の件はご存じでしょう。我々サイバー犯罪対策課は被疑者として〈市民調査室〉とそのフォロワーを調べている。今もフォロワーたち数十人に事情聴取している最中です」

「つまり、これは〈市民調査室〉の反撃という訳ですか」

「フォロワーたちは横のネットワークで繋がっている。一部に事情聴取、勾留した時点で担当者が自分であることを流した可能性があります」

　勾留された時点で携帯電話の類いは取り上げられるが、手紙を書くなり面会するなりで外部と連絡を取ることはできる。延藤の仮説には頷けるものがある。

「フォロワーたちに事情聴取した感触はどうでしたか」

「カルト教団の教祖と信者の関係に似ていますね。自分が逮捕されても〈市民調査室〉への信頼と尊敬は揺らがない。逆に、事情聴取されたことで殉教意識が発現しているといった具合です。問題は事情聴取したフォロワーは誰一人、〈市民調査室〉と直接接触していないことです」

「信者でありながら教祖の個人情報は何も知らず、ですか。厄介ですな。それではフォロワーたちを何人事情聴取しようが〈市民調査室〉には一向に辿り着けないでしょう」

　延藤は承知しているというように、ふんふんと頷いてみせる。

「目下、それが悩みの種です。しかし事件に関係した人間を片っ端から当たるより、現状は他に手段がありません」

「延藤課長補佐は心中した〈雅楼園〉の経営者夫婦と面識があるんですか」

「ネットで〈雅楼園〉についてのフェイクニュースが拡散された際、奥さんと話しました。顔を合わせたのはその一度きりですよ」

「大田区の事件に〈市民調査室〉及びフォロワーが関与している可能性はあると思いますか」

　事情聴取と言うよりも協議のような内容になってきたが、葛城は見守ることにした。他部署の案件ながら〈市民調査室〉とフォロワーの起こした事件には大いに関心がある。

「〈市民調査室〉もしくはフォロワーの中に事件関係者が潜んでいる可能性は否定できません。わたしにあらぬ疑いをかけて捜査を攪乱させる目的ですね。ただしその可能性はとても低い」

「何故ですか」

「秒でバレてしまう類いのデマだからですよ。実際、わたしへの疑惑は写真を鑑識に回した時点で晴れたでしょう。本気で濡れ衣を着せるつもりなら、こんな稚拙な捏造はしませんよ」

「同感です」

宮藤も納得するように頷いてみせる。

「今までの話を聞く限り、これは陽動というよりもただの妨害工作ですね。偽情報を拡散させて、捜査本部に無駄な動きをさせようとしている」

「フェイクニュースは〈市民調査室〉の十八番ですよ。根拠があろうがなかろうが、いったん拡散された情報は力を持ちます」

「捜査本部はともかく、ネットではまだまだ延藤さんが取り沙汰されるでしょうね」

「今回は完全に油断していました」

延藤は口惜しそうに言う。

「まさか被疑者側から反撃されるとは想像もしていませんでした。〈市民調査室〉の戦場がSNSであるのをすっかり失念していた。悔しいが、SNSでは相手に地の利があります。我々は情報収集することができても発信することができない。言ってみれば防戦一方なのですよ」

話を聞きながら葛城は考え込む。いくら人員を投入したところで捜査員の数には限りがある。

それに引き換え、〈市民調査室〉のフォロワー数は十数万人とも聞く。数だけで考えれば断然向こうが圧倒している。捜査する側は消耗戦を強いられるばかりだ。

　しばらく延藤を見ていた宮藤は、やがて葛城の方に合図を送ってきた。

「これで事情聴取を終わります。お忙しいところ恐縮でした」

「こちらこそ、お役に立てず申し訳ありません」

「依然、大田区の事件が〈市民調査室〉やフォロワーたちと関連している可能性を捨てきれません。上にも具申（ぐしん）しますが、お互いの捜査情報を細かな部分まで共有したいところです」

「ウチも課長に具申してみますよ」

「延藤課長補佐の顔と名前がネットで拡散されてしまいました。今後も類似の嫌がらせが続くかもしれません。注意してください」

「ご忠告痛み入ります。しかし、そっち方面の対処はウチが専門ですから」

　延藤を解放した後も、宮藤は席を立とうとしなかった。

「彼をどう思う」

　藪から棒に訊かれたが、宮藤の対応には慣れている。

「宮藤さんと似た者同士だと思いました」

「何だい、そりゃ」

　珍しく宮藤は意外そうに葛城を見た。

「宮藤さん、組織に染まるタイプじゃないでしょう。延藤さんもそういうタイプに見えました」

「事情聴取には協力的だったぞ」

「いくら担当者だからと言って、サイバー犯罪対策課もチームで動いているはずでしょう。ところが〈市民調査室〉とそのフォロワーたちは延藤さん一人を標的にしてきました。捜査で延藤さんが突出して目立っている証拠ですよ。言い換えれば、フォロワーたちにそう思われるほど、延藤さんが突っ走っているということです」

「俺が突っ走っているというのか」

「自分でチームワークに徹していると思っていますか」

するると宮藤は憮然とした表情を返してきた。本人にも身に覚えがあるのだろう。

ともすれば班の中で独断専行に走りがちな宮藤を、葛城自身が手綱を引いている自覚がある。桐島班長や他の捜査員との間を取り持つのに、普段どれだけ神経を使っていることか。

「葛城に指摘されるとは思わなかったな」

「班の連中が考えることなら僕だって考えますよ」

「俺のことはともかく、延藤課長補佐は確かに一人で動くタイプだな。組織の力を否定していないが頼ってもいない。自分一人で〈市民調査室〉に立ち向かおうとしている。〈雅楼園〉の事件の前、夫人と会ったと言っていただろ。おそらく彼はその件で自分を責めている。その時動いていれば夫婦が心中することはなかったんじゃないかとな」

「よくそこまで考察できますね」

「俺と彼とは似た者同士なんだろ」

ここで返してくるか。

「大田区の事件からは、もう延藤さんは除外ですか」

「いや、まだ除外はしない」

宮藤は首を横に振る。

「彼には妨害工作だと私見を伝えた。嘘じゃないが、〈市民調査室〉およびフォロワーが事件と全く無関係とも言いきれん。延藤課長補佐の身近にいる者が〈市民調査室〉のフォロワーである可能性も否定できない。その場合、大田区の事件との関連も気になる」

葛城は惑う。結果論に過ぎないが、〈市民調査室〉とそのフォロワーたちは、延藤を大田区の事件に巻き込むことに成功している。どれほど可能性が小さくても、潰していかなければ捜査は進展しない。

「大田区の事件は被害者二人に接点がない以上、通り魔事件として捜査方針が傾く。それが犯人の仕掛けた誤導だとしたら目も当てられない」

ガセネタと分かっていながらも、完全に疑惑が払拭されるまでは捜査を中断できない。拙速に走るべきではないと自戒するが、やはり一方では焦燥が付き纏う。

「気になるのは延藤課長補佐が盗撮された経緯だ。通勤途中で撮られたのか、それとも捜査中に撮られたのか」

「サイバー犯罪対策課は内勤が主でしょう」

「ところがあの課長補佐は自ら〈雅楼園〉に出向いているし、それ以外にも関係各所に熱心に足を運んでいる。せめて撮影された場所を特定できれば撮影者が絞り込めるんだがな」

「もう少し合成写真から情報を拾えませんかね」

「引き続き鑑識には分析を依頼している。ただ、なにぶん画質が粗いので解析に手間取っているらしい」

「延藤課長補佐も僕たちも、まだまだ先が見えませんね」

「比較するなら、まだウチの方が幾分簡単かもしれん」

宮藤は指先で二枚の写真を弄ぶ。

「何しろ、向こうは検挙する対象が何十人もいる」

「でも、IPアドレスを辿って既に何人かは事情聴取が済んでいるんですよね」

「犯罪の質が違う。喩えれば、俺たちの捜査は雑踏の中で人を刺した一人を追いかけるだけでいい。それでも目撃者や物的証拠を集めなきゃならないから決して楽じゃないんだが。ところがサイバー犯罪対策課の相手である群衆は、特定の人間を寄ってたかって嬲り殺しにしている。延藤課長補佐たちは群衆を一人一人捕まえなきゃならない。これは単に量の問題じゃない」

「捜査員を増やせばいい訳じゃない、と」

「そうだ。量的な問題ってのは、或る領域を超えた時点で質的な問題に変化する。群衆によるリンチは、一人一人の罪悪感が希薄になる。中には殺意なんてなかったと、いけしゃあしゃあとほざく馬鹿までいる。延藤課長補佐たちはそういう、手前ェがしたことの是非すら分からない馬鹿を何十人と相手にしなきゃならない」

しかも捕まえた相手に、まず自分の行いが犯罪行為であったと認識させることから始めなければならない。考えてみれば強行犯よりもずっとタチが悪いではないか。

「人一人刺し殺すには、ナイフの柄を握り締めて相手に向かっていかなきゃならない。抵抗に遭い、それでも力ずくで押さえ込み、急所に切っ先を当て、全体重をかけて刺し貫く。返り血を浴びるし手の平には肉と臓器を貫いた感触が残っている。だがネットのリンチはそんな労力も気構えも必要としない。鼻歌交じり、指一本でタップすればそれで終いだ。およそ他人の社会的な生命を奪ったという感触からは程遠い。世の中に、これほど罪の意識が希薄な殺人はないぞ」

宮藤の言葉で腹が冷える。

どんな犯罪にも罪悪感が付き纏う。どんな悪党にも良心がある。だから犯罪を実行する際にはまず己の良心と闘わなければならない。首尾よく成功したとしても今度は罪悪感と闘わなければならない。だからこそ犯罪を夢想するだけの者と実行する者の間には越えがたいハードルがある。

だが、指一本のタップで実行できる犯罪があればどうだろうか。さほどの覚悟は要らない。相手がどうなろうと良心の呵責に悩むこともない。

それは精神的な完全犯罪なのだ。

「サイバー犯罪対策課は大変な敵と対峙したものですね。やっぱり〈市民調査室〉のみならずリツイートやコメントしたフォロワー全員から聴取するつもりなんでしょうか」

「人死にが出たんだ。一罰百戒というのは好きな言葉じゃないが、模倣犯や類似犯が出ないよう、徹底的に検挙しまくるという方針は当然あるだろう。もちろん優先順位がある」

「〈市民調査室〉ですね」

「親蜘蛛を潰しておけば子蜘蛛は発生しない」

4

事情聴取を終えた延藤は、自席に戻る間もなく鬼頭に呼びつけられた。

「今しがた連絡があった。捜一の尋問を受けたそうだな」

「あくまでも事情聴取ですよ」

延藤が事の顚末を説明すると、鬼頭は面白くなさそうに眉根を寄せた。

「身の潔白を証明できたのはいいとして、そもそも相手から狙い撃ちされる段階で恥と思え」

「思っています」

「狙われた経緯は把握しているか」

「わたしが所属と氏名を告げたのは事情聴取した時だけです」

「ふん。事情聴取を終えた被疑者が外部に担当捜査員の名前を漏らしたということか。では写真はどのタイミングで撮られた」

「調査中です」

「勾留中の被疑者については警戒をより一層厳重にし、面会時にはウチの人間を立ち会わせよう。盗撮については既にＳＮＳで拡散されているから止めようもない。せいぜい削除依頼をするくらいか」

削除依頼をしたところでスクリーンショットを撮られていればあまり意味はない。対症療法に過ぎないが致し方ないだろう。

「新たなフェイクニュースをばら撒かれたくなかったら電車は使うな。本部と官舎の行き来はタクシーを使え。内勤に徹して外に出るな。食事は店屋物か大食堂で済ませろ」

「ちょっとした軟禁状態ですね」

「間抜け面をＳＮＳに拡散されるよりはマシだろう」

鬼頭は不機嫌そうなままだが、必要以上に延藤を叱責するつもりはないようだ。

「警察から追われていると知れば、大抵のヤツは逃げる。ところが事もあろうに〈市民調査室〉は反撃に転じた。こういうケースは初めてだな」

「自分は安全地帯にいると信じているんですよ。捜査機関もＩＰアドレスには辿り着けないから、ＳＮＳの騒ぎも警察の動きも高見の見物と洒落込んでいるのでしょうね。そうでなければ、こんな反撃をしようとは思いませんよ」

「だとすれば相当に胸糞の悪いヤツだ」

鬼頭はこちらから視線を外し、天井を仰ぐ。

「絶対に捕まえろ。そういうヤツは放っておくと増長する。デマの内容が大きく、そして狡猾になる。真似する馬鹿も出てくるし、フェイクニュースに踊らされる馬鹿も後を絶たない。〈市民調査室〉を逮捕し、後悔し怯えた様子を毎日のように流す。ヤツのようには絶対なりたくないと犯罪者予備軍に思わせるくらいにな」

鬼頭の物言いをいささかサディスティックと捉える向きもあるだろうが、桜庭夫妻の無念を思えば至極妥当だ。小さなところでは見解が相違しても、大きな意見は大概一致する。そういう上司だから、こちらも心置きなく働ける。

「フォロワーたちの事情聴取に人が足りません」

「増員したら〈市民調査室〉に縄を掛けられるか」

「反撃してきたのは危機感の表れでもあります。捜査本部のやり方は間違っていません。後は戦力の問題です」

「分かった。部長に上申しておく。しばらく待っていろ」

叱責を受けたものの、現場の要求は受け容れられたので延藤は機嫌がよかった。

まだこの時までは。

フォロワー数人の事情聴取を終えて、延藤は昼食を摂るために別フロアへ向かった。

武道場と同じフロアには〈カフェレストランほっと〉があり、稽古途中の偉丈夫たちが腹を空かせて押し寄せてくる。そういう客を相手にしているのでメニューには「大盛り」やら「超大盛り」が目白押しだ。

食の細い者なら見ただけで胸焼けしそうなメガカツカレー八百五十円を注文する。これだけの分量になると、五分や十分で食事を済ませるのは難しい。

食事中は食事に専念するのが習慣だった。食べながら本を読まないしスマートフォンも弄らない。料理人が精魂込めて作ったものを、ながらで食べるのは失礼だと思っている。

スプーンを動かしていると何者かの視線を感じた。ふと顔を上げれば、正面でスマートフォンを弄りながらパスタを食べている道着姿の男がこちらを見ていた。男は延藤と視線が合うなり、慌てて顔を逸らす。

一度だけなら気にも留めなかっただろうが、二度三度と続いたので、さすがに声を掛けた。

「わたしの顔に何かついているのか」

「いや、あの」

「ガンを飛ばすなとは言わないが、ちらちら盗み見ていた理由くらいは教えてくれないか」

男は気まずそうにスマートフォンを差し出した。

嚥下したカレーが逆流しそうになった。画面に表示されていたのは他の誰でもない、延藤が女性の肩を抱いてラブホテルの入口に立っている画像だった。しかも『サイバー犯罪対策課の延藤刑事の逢瀬』などというキャプションまでついている。

「すみません。ＴＬに警視庁サイバー犯罪対策課とあったので検索してみたら、ちょうどご本人が目の前に座っていたので。大変、失礼しましたあっ」

大声で謝るものだから、却って周囲の注目を浴びてしまった。中には、早速自分のスマートフォンで確認する者も出てきた。

もはや食事を楽しむどころの話ではない。延藤はカレーを半分以上残したまま、食堂を飛び出した。刑事部屋に戻ってトレンドを見れば、上位に警視庁サイバー犯罪対策課の文字がある。開いてみれば、先刻のラブホテルの画像以外にも延藤を捉えたショットが並んでいた。

ソープ街を歩く延藤。

開店前のパチンコ店に並ぶ延藤。

競輪場の観客席で声援を飛ばす延藤。

いずれも身に覚えのない場所であり、延藤の顔も合成というよりはコラ画像に近い代物だった。

早速、模倣犯が現れたのだ。

各画像にぶら下がったコメントはどれもひどい内容だった。

『サイバー犯罪対策課がどこで何してるんだよｗｗｗ』

『パチンコやら競輪やらの情報を集めるのがケーサツの仕事かよ』

『コラでも、上手いことハマってるのがまた何とも』

『夜に活躍する警棒』

ずらりと並ぶコラ画像を見ていると、胃の中身を戻しそうになる。一夜のうちに、ＳＮＳ内に沈殿していた悪意が一気に襲い掛かってきたような感覚に陥る。

だが、それはまだ序の口だった。

ツイートされた画像を繰っていると、今度は見覚えのあるショットに出くわした。コラ画像でも何でもない。普段使用している電車の中の風景で、吊り革に摑まって立っているのは紛れもなく延藤だ。通勤途中の姿を何者かに盗撮されていたらしい。

盗撮画像は通勤途中に留まらない。他にも官舎に入っていく後ろ姿や、馴染みの定食屋の暖簾を潜る姿もアップされている。

単体で見れば悪意を感じるものではないが、連続して眺めていると、はっきり撮影者の昏い情熱が伝わってくる。

逃がすものか。

どこまでも追いかけてやるぞ。

撮影したのは十中八九、〈市民調査室〉かそのフォロワーだろう。死体発見現場の合成写真が炎上したことに気を良くしてか、続報を決めたらしい。

だが延藤が真に脅威に感じたのは、画像に添えられた説明の方だった。

電車の路線名と撮影時の区間、官舎の住所、定食屋の所在地が明記されている。

いったんネットを閉じて頭の中を整理してみる。

鬼頭から指示された通りに生活習慣を変えるつもりだったが、ひと足遅かった。敵は今朝までに延藤の周囲をうろつき、充分な量の画像を入手している。これらの画像に面白おかしくコメントが集中するのは目に見えている。寝泊まりしている場所も特定されたから有形無形の嫌がらせが危惧される。

既に知ったのだろう、西條が心配そうに声を掛けてきた。

「延藤さんの写真が拡散されてますよ」

「今やネットの有名人だ。羨ましいだろ」

「ネットでの有名人はオモチャって意味ですよ」

「とにかく個人情報だ。削除依頼をかけておいてくれ」

「手間暇かけて削除しても、その倍以上の早さで別のツイートが入るんですけどね。イタチごっこですよ」

「イタチだろうがタヌキだろうがこまめに続けていくさ。最後に笑う者が最もよく笑うという格言もあるしな」

「でも、通勤に使う電車とか住んでいる官舎とかフェイクニュースの域を超えています。これはもうストーカー行為ですよ」

「ストーカーか。ふん。警察官たちが入居している建物でストーカーできる度胸があれば大したものだ」


終業後、鬼頭の指示に従ってタクシーで帰宅した。期待にも似た不安を抱いて官舎に着くと、まず集合ポストを確認する。

予想した通りだった。

チラシ類に混じって差出人不明の郵便物が数通入っている。部屋番号が書かれていないところをみると、そこまで詳しい情報はまだ拡散されていないらしい。もっとも、それも時間の問題だ。

差出人不明の手紙を全てナイロン袋の中に放り込む。どうせ碌なことは書かれていない。中身も見ず、さっさと鑑識に回してしまうに限る。

自室の前に立つ。官舎のセキュリティも手伝ってか、さすがに侵入までする者はいないようだ。ドアに悪戯をされた形跡はない。

部屋に入った途端、意外にもどっと疲れがきた。肩が張ったまま、全身がやけに重い。鬼頭や西條の前では平静を装っていたが、やはり精神的なダメージを受けていたとみえる。

早めの入浴をしようと湯を張り始めた時、インターフォンを鳴らす訪問者がいた。モニターを見れば寿司屋の兄ちゃんが映っていた。

『多幸寿司です。ご注文の品をお届けに上がりました』

「待ってください。部屋を間違えていませんか」

『406号の延藤様ですよね。特上寿司十人前でご注文をいただいていますけど』

瞬時に偽注文と分かったが、遅れて恐怖がやってきた。

遂に部屋番号まで知られたか。

「イタズラのようですね。わたしは注文した憶えがありません」

『ええーっ。そんな十人前なのに』

「お気の毒ですが」

長引かせてもお互い不愉快になるだけだ。延藤は心を鬼にして一方的に通話を切る。

だが、それで終わりではなかった。

シャツを脱ぎ始めた時、今度はピザ屋の配達員が現れた。

次に新興宗教の勧誘員。

四人目に宅配業者が頼んだ憶えのない品物を抱えてやってきた。夜遅くにご苦労なことだとは思ったが、全員に事情を説明して帰ってもらった。

風呂に入っても全ての疲れが取れる訳ではない。しかし湯船に浸かっていると、肉体的な疲労だけは溶け出していくような感覚がある。

参ったな。

一人でいるせいか、不意に弱気になった。誹謗中傷や偽注文ごときで心が折れるとは思わなかったが、確実に疲弊はする。自分だけにかかる迷惑ならまだしも、注文された飲食店は実害まで被る。もちろん延藤には無関係だが、彼らにしてみれば全くの無関係と割り切ることも難しいだろう。

今まで延藤が扱ってきたネット発の悪意は、全て被害者に向けられたものだった。捜査員として同情はするものの、安全地帯からの観察であった事実は否めない。

ところが今回は、延藤自身に向けて悪意が放たれている。見聞きするのとは違い、実際に浴びてみると悪意は予想以上に苛烈且つ凶暴だった。相手の顔も見えず声も聞こえない。匿名で性別も年齢も不明。舌足らずで語彙も乏しいが、浴び続けていると精神に応える。自分の存在が社会の障害になっているような気がしてくる。なるほど精神的苦痛とはこういうものか。確かに損害賠償してほしいと思える。

いや、待て。

ふざけるな。何が精神的苦痛だ。桜庭夫妻が受けた苦痛に比べれば、こんなものは掠り傷のようなものではないか。

延藤は頭から湯を被り、自分を叱咤する。

風呂から上がってスウェットに着替えると、ようやく人心地がついた。ニュースでも観ようかとリモコンに手を伸ばした時、スマートフォンが着信を告げた。

母親からだった。

『慧司かい』

数カ月ぶりに聞く母親の声は、ひどく不安げだった。

『お前、犯人扱いされているじゃないの』

「何言ってるんだよ」

『今日、色んなところから電話が掛かってきたんだよ。人殺しの家か、とか刑事なんか辞めちまえとか。名前も名乗らずに一方的にまくし立てて電話を切っちゃうんだよ。無言電話もあった』

「まさか。オフクロのスマホに掛かってきたのか」

『ううん。家の固定電話』

何故実家の電話番号まで洩れた。

頭をフル回転させて見当がついた。

延藤という姓はそれほど多くない。全国でも七百人程度と何かで読んだ記憶がある。元々は岡山県、広島県、兵庫県などに多くみられ、首都圏ではそれこそ数えるほどしかいない。都内に住む親は固定電話の番号を１０４に登録しているので、電話帳で検索すればすぐに番号が出てくる。おそらく不特定多数の者たちは、そうした手順を経て実家の電話番号を探り当てたのだろう。

「オフクロ。固定電話は今でも使っているのか」

『最近はスマホでしか電話していないよ。固定電話に掛かってくるのはセールスだけ』

「それならいい。しばらく電話線を抜いとけ」

『ネットを見たよ』

見るなよ。

『お前が連続殺人事件の犯人だって写真が』

「あれは合成写真だ。完全な濡れ衣だよ」

『でも大勢の人がお前が犯人だって叫んでいる』

「ネットで叫んでいるのは全体の五パーセントだけだ。あとの九十五パーセントは冷静で、根拠のない話には乗ってもこない。テレビのニュースでは、どこも取り上げなかっただろ」

『でも、でも』

電話帳には住所も記載されているのを思い出す。

「明日あたりから差出人不明の手紙が届くかもしれないけど、絶対に開封するなよ。俺の名前が書いてあるのも同じく手をつけちゃ駄目だ。袋にまとめて警察に届け出るか、それが面倒ならゴミ収集車に持っていってもらえ」

『わたしのことはいいよ。そっちはホントに大丈夫なのかい。お前が犯人と名指しされて、生きた心地がしなかったんだよ』

「悪りいな、オフクロ。ただのデマだから心配する必要はこれっぽっちもないから」

『ただのデマが、どうしてこんな大騒ぎになるの』

実家の母親はガラケーからスマートフォンに買い替えるなり、ネットに入り浸るようになった。本人の話ではテレビを観る時間が、そっくりそのままネット検索に移行したとのことだった。

「ネットにはまがい物の情報も満載だ。全部信じちゃ駄目だ」

『どれが本物でどれが偽物なのか、どうやって見分けるんだい』

ネットを利用する者には常識やリテラシーが要る。だが、そんなことを今母親に説いても詮無いだけだ。

「仕事柄ネットには詳しいから、今度ゆっくり教える。今は俺の言うことを信じてくればいい。それからしばらくの間はネット断ちをしてテレビでも観ていた方がいい」

『本当に心配ないんだろうね』

「くどいぞ。大丈夫じゃなかったら、テレビのニュースで報道される。テレビにも多少の問題はあるけれど、ネットのフェイクニュースよりはよっぽどまともで正確だ」

『最近のテレビ、面白くないのよ』

「知らねえよ」

　これ以上話しても、堂々巡りになりかねない。くれぐれもフェイクニュースに惑わされないようにと釘を刺して、電話を切った。

　再び疲労が伸し掛かってきた。

　固定電話を使用不能にし、差出人不明の郵送物を警戒していれば少なくとも実害は回避できるだろう。ひょっとしたら実家を訪ねて玄関ドアに悪戯する者も現れるかもしれないが、その時は交番に被害届を出してもらうしかない。

　遂に悪意は家族にまで及んでしまった。未だ独身であることを今日ほど感謝した時はない。妻子がいれば被害は更に拡大していたはずだ。

　延藤はリビングに立ち尽くし、改めてＳＮＳの闇に恐怖を覚える。以前ネットは自由空間だと宣う評論家がいたが、自由も節度を失くせば無政府状態になる。〈市民調査室〉は長い時間をかけて自分とフォロワーだけの王国を築き上げた。所謂サロンに似て非なる空間だ。この王国は〈市民調査室〉が君臨する一方で無政府状態であるため、共通の敵と見做した者には理性や自制心のない攻撃を加える。

そして王国は悪意によって拡大していく。現実でもそうだが、善意は集中し、悪意は拡散していくからだ。

延藤は机上のパソコンを開き、件の合成写真を拡大してみる。何ということのない写真だが、画像の中から悪意が滲み出てくるように思える。

『構図から考えて、撮影者はあなたの視界に入っている。ただあなたが別の方向を見ているから注意が向けられていない』

しばらく見ているうち、延藤はあることに気づいた。

五　インサイト

1

延藤が官舎と捜査本部の往復のみの生活を強いられて二日が経過した。タクシーを利用しての行き来、外食に頼らない生活にはまだ慣れないが上長命令には従わざるを得ない。

人目を避ける生活は気楽なものではない。タクシーを乗り降りする際も、部屋の窓から外を眺める際も警戒心を緩めることができない。

「ちょっとした有名人ですよね」

隣席の西條はひやかし気味に言う。

「行き帰りが常時タクシーなんて刑事部長並みの待遇じゃないですか。羨ましい気もしますね」

「そんなに羨ましいのなら、いつでも代わってやるぞ」

「うーん。だけど四六時中、見張られているような生活は嫌ですねえ。肩が凝ってしょうがないでしょう」

「肩どころか気疲れが半端ない」

「あ。じゃあ、やっぱり代わってくれなくていいです」

延藤を巡る炎上騒ぎは未だ沈静化する気配を見せなかった。既出の延藤の写真を加工した画像がこれでもかというくらいに投稿され続けている。西條はこまめに削除依頼をかけてくれているらしいが、一つ削除できてもすぐにまた新しい投稿画像が拡散されているという案配だ。

「イタチごっこですよね、これ」

西條はゴールのないマラソンを命じられたように情けない声を上げる。

延藤も〈市民調査室〉の動向を調べるべく毎日ネットの書き込みをチェックしているので、関連したトピックスで自分の名前を見ない訳にはいかない。

『警察官の癖に、フーゾクに出入りしているのはいかがなものでしょうか』

『大田区の連続殺人事件の容疑者だよね？　それなのにまだ逮捕されてない。やっぱり警察って身内に甘い』

『こういう時期だからこそ、警察は襟を正すべきだろ』

『この延藤って男、死ねばいいのに』

『終わったな、コイツ』

長らくサイバー犯罪対策課にいれば、書き込みの一つ一つへの反応に感情を鈍磨させられるようになる。代わりに、炎上騒ぎに参加する者の心理がうっすらと見えてくる。

当初、ネット叩きに血道を上げる者は「いいね」を欲しがる、承認欲求を拗らせた人間だとばかり思っていた。だが自分が叩かれる立場になって考えを改めた。

どの書き込みにも余裕が全く見受けられない。嘲笑にしても抗議にしてもどこか必死さが見え隠れしている。まるで炎上している対象が死ぬまで手を緩めて堪るかと念じているかのようだ。

これは承認欲求というよりも生存本能に近いのではないか。いったん自身の敵と認識したが最後、相手の息の根を止めなければ安心できない。自分の主張が正義だと認定されなければ己の居場所がなくなってしまう。

生存本能に基づく行動だから、当然余裕などない。あるのは義憤に名を借りた嗜虐心と恐怖心だけだ。

いったい、いつからSNSは懲罰意識と薄っぺらい正義の蔓延する空間になってしまったのだろうか。延藤は素人考えながら日本全体が閉塞状態に陥っていることと無関係ではないと見当をつけているが、的を射ているかどうかは分からないし探求するつもりもない。自分は社会学者でもなければ政治家でもない。ネット犯罪を取り締まり、違法行為を摘発するのが仕事だ。

ともあれ不特定多数の憎悪を浴びている事実に変わりはなく、〈市民調査室〉を逮捕して事件の全容を解明するまでは自分への炎上が収まることもないだろう。延藤は胸の裡で諦めの溜息を吐く。

そして〈市民調査室〉のツイートに戻った時、刺激的な文言に目を剝いた。

『花粉症の季節になるとティッシュペーパーのお世話になる訳ですが、わたしは帝王製紙の〈プレミアムタッチ〉を愛用しています。コンビニ限定商品らしいのですが、あれは柔らかいので鼻が痛くならないのがいいですね』

『帝王製紙は優れた製品を次々に生み出して、今や国内シェア一位を獲得している企業ですが、実は大変な問題を抱えているのです。現社長の鶴舞雄大氏は無類の賭博好きで、最近も会社のカネを使い込み、ラスベガスで百億円近くも溶かしてしまったというのです』

『ラスベガスで鶴舞氏がのめり込んだのはバカラという高レートのギャンブルで、仕組みを知れば百億溶かすのも無理はないと思います。かの地では合法ですしね。しかし会社のおカネを使ってするギャンブルが果たして楽しいものなのか、わたしは理解できませんね』

　帝王製紙は先々代からのオーナー企業であり、現代表取締役社長の鶴舞雄大氏は三代目に当たる。〈市民調査室〉のツイートにあるように鶴舞社長は大のギャンブル好きで、そののめりこみ方は依存症を思わせる。昨年、ラスベガスで百億円もの大金を失ったというのも事実だ。

　問題は、何故〈市民調査室〉がその事実を知り得たのかという点だった。現在も警視庁の捜査二課と東京地検特捜部が横領罪と特別背任罪の容疑で捜査している最中であり、世間やマスコミには洩れていない。ラスベガスでの大敗については一部ゴシップ誌が取り上げたものの、後追い記事が出ていないところをみると握り潰された可能性が高い。

「西條」

「こっちも見ています。帝王製紙の件ですよね」

西條は先刻までの弛緩した表情から一変、緊張した面持ちでモニターを凝視していた。

「年間売り上げ二千億円を超える大企業ですよ。こう言っちゃ何だけど〈雅楼園〉の比じゃない。その帝王製紙を巻き込むツイートです。〈市民調査室〉もえらいのに手を出しましたね」

西條の言う通りだった。捜査二課と東京地検特捜部の捜査が大詰めを迎えて鶴舞社長を逮捕すれば、オーナー会社の帝王製紙は屋台骨が揺らぐことになる。老舗旅館の風評被害どころの話ではなく、日本を代表する企業の不祥事は多方面に影響を与えるだろう。

延藤の懸念した通り、〈市民調査室〉のツイートはフォロワーを介して燎原の火のように広がっていく。「いいね」の数が万単位になるのに数分も要さなかった。三十分後にはトレンドのランキングに入り、更にその十分後にはまとめニュースに取り上げられた。

案の定、それから間を置かず捜査二課長から鬼頭に問い合わせが入ったらしい。鬼頭からの連絡では、追って二課の担当者が状況確認のためにやってくるとの話だった。

「この〈市民調査室〉というヤツは何者なんだ」

鶴舞社長の横領事件を担当している土淵（どぶち）という捜査員が顔色を失くして部屋に飛び込んできた。

「鶴舞社長がバカラに興じていたのも、会社のカネを横領したのも捜査情報だ。それをどうして一般人が知っている」

以前、二課には日生大学の不正経理事件に関して延藤の方から出向いたことがある。その際、〈市民調査室〉の存在も共有したはずだが、どうやら先方とは温度差があったらしい。今頃になって〈市民調査室〉の素性を尋ねられても、延藤からすれば鼻白むばかりだ。

「中台理事長の時はガセ情報でしたが、今回はドンピシャでした。情報収集能力を上げたのでしょう」

「何者なんだと訊いている」

「現状ではネットの匿名性に隠れた悪質なインフルエンサーとしか言いようがありません」

延藤は雅楼園事件の顛末を事細かに説明する。詳細に触れれば触れるほど、〈市民調査室〉の狡猾さを理解させられる気がしたからだ。

説明を聞き終えた土淵は来た時よりも顔を曇らせた。

「それじゃあ、〈市民調査室〉はただ他人の炎上や不幸を悦んでいるだけの愉快犯ということになる」

愉快犯という言葉の軽さが気になった。被害者にしてみれば愉快も不愉快もない。追い詰められて心中する羽目になったのだ。

「鶴舞社長の件はウチと東京地検特捜部が合同で捜査を進めていた。鶴舞社長は三代目という立場を利用して子会社数社から合計百七億円も融資させ、それをラスベガスで全て溶かしちまった。この融資のほとんどは取締役会の決議もなければ借用書もない。鶴舞社長の使途も不明なままで貸したんだ」

「ずいぶん羽振りのいい子会社ですね」

「親会社の代表取締役社長からカネを融通しろと言われたら、子会社は断れない。オーナー企業なら尚更だ」

「しかし一人で百億も溶かすなんて、三代目もやはり只者じゃありませんね」

「のんびりしたことを言ってくれる。あんたたちは担当外でのほほんとしていられるだろうが、こっちはそれどころじゃない」

土淵は苛立ちを隠そうとしない。

「子会社側に貸借契約書はないが、カネの流れを示す文書なら残っている。その文書を特定するために特捜部は内偵までしていた。その矢先に〈市民調査室〉のヤローがぶちまけやがった。さっきチラ見したら、早くもＳＮＳでは〈鶴舞社長〉と〈帝王製紙〉のワードがトレンド入りしている。チクショウ、俺たちの苦労も水の泡じゃないか」

同じ捜査畑の者として土淵の気持ちは痛いほど分かるので、延藤は黙っていた。西條も同様で、ひと言も口を差し挟まない。

「お蔭でまだ証拠不充分なのに、帝王製紙とその子会社ならびに鶴舞社長の自宅を強制捜査しなきゃならない。事態は一刻を争う。数分遅れたら、その分証拠物件を溶解される」

百億円ものカネを溶かした社長のために、今度は社員が証拠となる文書を溶かす。これ以上の皮肉もないが、一ミリたりとて笑えない。証拠が全部揃っていない段階での強制捜査は、言ってみれば賭けのようなものだ。

「東京地検特捜部もある程度の勝算があるから強制捜査に踏み込んだろうが、二課にすれば見切り発車の感も拭えない。この先、捜査の進捗に翳りが出るとしたら、その原因は間違いなく〈市民調査室〉のツイートにある。到底看過することはできない」

「〈市民調査室〉を許せないのはウチも一緒ですよ。雅楼園事件では死人も出ている」

「二課は特捜部との合同捜査を進める。サイバー犯罪対策課には〈市民調査室〉の早期特定と身柄の確保をしてもらいたい。一刻も早くヤツの口に蓋をしろ。捜査の邪魔になってしょうがない」

坊主憎けりゃ袈裟まで憎いではないだろうが、土淵は未だ〈市民調査室〉の尻尾すら摑めない延藤たちをひと睨みすると、肩を怒らせて部屋を出て行った。

「とばっちりもいいところだ」

西條は土淵の後ろ姿を眺めながら、誰に言うともなく愚痴をこぼす。

「こっちだって人間増やして捜査してるんだ。ただ指を咥えて見ているだけじゃない」

「帝王製紙の株価、どうなっている」

「さっき後場が開かれたばかりなんですけど」

西條は喋りながら、株式市況をモニターに表示させる。

「うわ。絶賛暴落中ですね。売り注文ばかりで値がついていません」

現社長が逮捕される可能性大のスキャンダルだ。おそらく本日はストップ安で場が引けるのではないか。いずれにしても帝王製紙には降ってわいたような災厄だろう。

一連のフェイクニュースでSNSを翻弄してきた〈市民調査室〉が真実のネタを投下してきたのも驚きだが、選りに選って帝王製紙社長のスキャンダルだとは。

「今日だけでどれだけ株価が下がることか。資産にすれば何百億もの損失ですよ」

「その損失額が確定したら土淵さんも〈市民調査室〉を愉快犯などとは言っていられなくなる。もう、そんな規模じゃない」

その時、卓上の電話が鳴った。内線番号は鬼頭からのものであると示している。そろそろくる頃だと思っていたので驚きはしなかった。

「延藤です」

『二課はやってきたか』

「散々愚痴と恨み言を並べ立てて、たった今帰ったところです」

『愚痴を言うつもりはないが、不満はある。すぐに来い』

叱られてくる、と残して延藤は鬼頭の部屋に向かう。予想通り鬼頭はいつにも増して難しい顔をしていた。

「愚痴と恨み言のオンパレードだったと言っていたな」

「東京地検特捜部との合同捜査ですからね。情報漏洩が及ぼす影響は二課だけの問題では済まないからでしょう」

「特捜部は二年も前から鶴舞社長を追っていた。証拠固めが終わる寸前にこの有様だ。情報が洩れたのは二課からなのかと大層お怒りの様子だったらしい。その怒りが二課長で増幅されてこちらにきた」

鬼頭の顔色を見れば、課長同士のやり取りがいかに熾烈なものであったか容易に想像できる。

「〈市民調査室〉の素性はまだ分からないのか」

「依然としてＩＰアドレスを辿りきれていません」

「こちらからは手出しはできず、向こうはやりたい放題か」

「帝王製紙のような大企業にまで触手を伸ばしてきたのは意外でした。しかもネタはガチですから」

「ネタがガチなのは、〈市民調査室〉が帝王製紙の関係者だからじゃないのか」

その疑念が提示されるのも想定内だった。

「詳細は知らずとも、三代目社長が大のギャンブル狂いなことくらいは周知の事実だったんじゃないのか。被害に遭った子会社も、その辺りの事情は知っていたはずだ。でなければ、こんな話がおいそれと表に出ることもない」

「お考えは分かりますが本体だけで二万二千人、連結従業員は三万五千人の大所帯ですよ。まさか一人一人から事情聴取するつもりですか」

「事と次第によってはそうなる可能性もある」

鬼頭はにこりともしなかった。皮肉でも冗談でもなく、極めて大真面目という顔だ。

「いくら何でも三万五千人を相手にするというのは」

「だから、事と次第によってはと言った。もうウチの専従案件でもなければ警視庁だけの話に留まらない。東京地検まで関わってきたら、人員がどうこう言ってられん。それとも人海戦術以外に思いついたことでもあるのか」

延藤の中で葛藤が始まる。腹案めいたものがあるにはあるが、上長に上げられる段階には至っていない。そもそも物的証拠と呼べるものは何一つないのだ。

だがさすがに直属上司だ。鬼頭は延藤の表情から考えを読み取ったらしい。

「何かあるんだな」

「いえ、特には」

「嘘を吐け。何もなければすぐに返事をするはずのお前が言葉を濁した」

「まだ、ただの思いつきに過ぎません」

「有望な思いつきなのか」

「それこそ事と次第によっては、です」

追及されたのをいいことに、延藤は反撃に出る。

「思いつきは机上でこね回すだけなら、いつまで経っても思いつきです。ちゃんとした推論にするには証拠集めをしないと」

「ふん。本部と官舎の往復が嫌になったか」

「幸か不幸か、ネットの〈市民調査室〉関連は鶴舞社長のスキャンダルに耳目が集まっています。今なら炎上している刑事がうろついたところで関心を寄せる者は僅少です」

「そのわずかな馬鹿どもが情報を拡散させるから面倒なんだろうが」

「百億円をギャンブルで溶かす以上にはニュースバリューがありません。ニュースバリューのないものは拡散させる意味がありません」

「楽観的に過ぎるんじゃないのか」

「羹に懲りて膾を吹くような真似が得策とは思えません」

「お前を野に放ったら、獲物を咥えてこれるのか」

「そういう教育を受けてきました」

「勝算はあるのか」

「ゼロではありません」

「増員する必要はなくなるか」

「現状のメンバーだけで事足ります」

「〈市民調査室〉が帝王製紙の関係者という可能性は完全否定するのか。否定するとしたらその根拠は何だ」

「完全否定するとは言っていません。ただ、その確率は甚だ低いと言わざるを得ません」

「理由を言え」

「仮に〈市民調査室〉が帝王製紙本体もしくは子会社の関係者だとして、現社長の金銭スキャンダルをリークすることに何の意味があるでしょうか」

「少なくとも社長を今の座から引き下ろすことはできる。会社にしても、これ以上使途不明金を出さずに済む」

「もちろんそうした側面はありますが、株価の暴落や社会的信用の失墜は企業体を直撃します。製品の売り上げに影響が及べば給料が下がるどころかリストラに遭う危険性さえ生じます。綱紀粛正は時間をかけて会社を正常化させますが、利益損失は即座に従業員を襲います。従業員にとってどちらが危機的なのかは言うまでもありません。自爆テロ、内部告発という言い方もできますが、それは会社全体が国益に背いていた場合に頷ける行為であって、社長個人を刺す行為には私怨しか感じられない。これまで巧緻な手段でフェイクニュースを流し続けた人間が採る手段とは到底思えません」

鬼頭はしばらく延藤を睨んでいたが、やがて脱力したように椅子に凭れかかる。

「現場に行く必要があれば行って構わない」

「ありがとうございます」

「妙な写真を撮られないように注意だけはしておけ」

「注意していても合成写真を捏造されたら意味がないです。第一、蟄居していても捏造されるから同じことです」

「ふん」

「〈市民調査室〉がわたしのネタを投下したのは、危機管理の一つだと思います。我々の捜査網が自分に迫ったのを自覚したから、担当者であるわたしの動きを封じようとしたんです」

「そんなことは分かっている」

やはりそうだったか。

「分かっていて〈市民調査室〉の思惑に従ったんですか」

「従ったのは違う方向にだ」

鬼頭は上を指差した。

「刑事部長からはお前を捜査から外せと言われた。そうしないための妥協案だった」

恩着せがましい口ぶりだったが、不思議と悪い気はしない。

「当事者を表に出しさえしなければ炎上も収まると考えているフシがある」

「その程度で収まるのなら誰も苦労しませんよ」

炎上するシステムを知る延藤は理解度の差に慨嘆する。警視庁上層部は未だにネットよりも新聞から情報を得ようとする御仁が多いと聞く。それでは炎上が単なる負の感情から発生するものではないことを理解できないだろう。

昨今の炎上案件は道徳観に基づいたものが多くを占める。行為の正邪を理屈ではなく道徳観でジャッジしようとするから感情的になる。感情的になるから理屈を差し挟まれると逆上し、敵味方の二分法に陥る。道徳観だけで物事を推し量ろうとするから、反道徳の相手を懲らしめると正義感が満たされて酔い痴れることができる。当事者でもないのに炎上したアカウントに謝罪を要求する烏合(うごう)の衆は、まずこういう手合いだ。従って今回の場合、延藤が逮捕されるか自殺しない限り炎上が鎮火することは有り得ない。

「上層部をはじめ、年季の入った刑事はことごとくネット事情に疎い。だからこそウチの課が存在しているんだ」

「同感です。ところでわたしを捜査から外すように言われたのに、現場に復帰させて大丈夫なんですか」

「何だ、俺のことを心配しているのか」

「僭越ではありますが」

「〈市民調査室〉が帝王製紙を標的に定め、特捜部を巻き込んだ時点で悠長なことは言えなくなっている。今更、刑事一人現場に戻したくらいで文句は言うまい」

鬼頭もなかなかの反骨精神の持ち主で、ふとした弾みに上に対する太々しさを見せてくれる。

「〈市民調査室〉が帝王製紙や子会社の関係者である確率は低いと言ったな。じゃあ、お前が有望としている思いつきというのは何だ」

「まだお話しできる段階ではありません。ただ、帝王製紙関係者説よりはいくぶん可能性が高いと考えています」

「手前の根拠が曖昧なのに他の説は一刀両断か。いい度胸をしている」

「この程度の度胸がなければ課長の下で働けませんよ」

「ふん」

鬼頭は満更でもない顔をしながら、必要な締めは忘れない。

「帝王製紙への強制捜査が始まれば各方面への影響は計り知れない。そうなれば〈市民調査室〉の特定についても尻を叩かれる」

改めて、獲物を咥えてこいという命令だ。延藤の側に否やはない。

「尻を叩かれる前に本人の首を取ってきますよ」

「言葉には責任を持てよ」

部屋を出る際、背中に圧を感じた。

図らずも帝王製紙への強制捜査が前倒しになってしまったために、鬼頭は追い詰められている。そして延藤もまた自分が発した言葉で己を追い込む結果となった。

いずれにしても〈市民調査室〉が従来の手法を変えてきた以上、サイバー犯罪対策課側もギアを上げずにはいられなかった。

刑事部屋では西條たちが待ち構えていた。

「何を言われましたか」

「鶴舞社長の件が表沙汰になった以上、こっちの捜査も待ったなしだそうだ」

「今までも待ったなしだったと思いますけどね」

「どうやらチキンレースに変更になったらしい」

西條は不満そうに唇を尖らせた。

2

その日の夕刻、延藤は〈ＦＣＩ〉の来馬を訪ねた。彼女は当然のごとく〈市民調査室〉が鶴舞社長のスキャンダルに言及したことを知っていた。

「驚きました。まさか選りに選って帝王製紙のスキャンダルを暴き立てるなんて」

「相手が帝王製紙では公式に否定されたらそれきりですからね」

　来馬は、鶴舞社長の賭博スキャンダルが真実であり、既に東京地検特捜部と捜査二課が強制捜査に踏み切った事実をまだ知らない。ちょうど今は帝王製紙本社や鶴舞社長の自宅に捜査が入った頃なので、あと一時間もしないうちにネットニュースで流れるだろう。

「それにしても、いったいどこからネタを拾ってきたのでしょうか」

「〈市民調査室〉もしくはフォロワーの誰かが帝王製紙の関係者ではないかと疑念を抱く者がいます」

「いい線ですね。わたしもそう思います」

　来馬はそれだけ言うと、崩れるようにして椅子に座る。

「ずいぶんお疲れのご様子ですね」

「〈市民調査室〉のツイートに対するリプライを一つずつ確認していました。中には帝王製紙の従業員と思しき人のものもあり、それぞれ信憑性の面から格付けをしたんです。信憑性の高いクラスに情報が集まっていればフェイクニュースかどうか判別できる材料になります」

「来馬さんは、どう判断しましたか」

「これは事実だと思います。フェイクニュースではありませんね」

　断言口調に自信のほどが表れていた。次いで、延藤の顔を窺い見る。

「どうせ延藤さんの方は解答を知っているんでしょう。それなのにわざわざ〈ＦＣＩ〉の分析力を試すような真似をして意地悪ですね」

「そんなつもりはありません。ただ捜査に関する事柄なので、公式に発表されるなり報道されるなりしない限り、おいそれと口にできないのですよ」

その時、これ以上はないというタイミングで西條から着信が入った。

「はい、延藤」

『先ほど帝王製紙本社と子会社、ならびに鶴舞社長の自宅に捜査が入りました』

「了解」

スマートフォンを仕舞うと、来馬が何か言いたげにこちらを見ていた。

「失礼しました。たった今、東京地検特捜部が帝王製紙関連各所へ強制捜査に入ったと報告がありました」

「これで〈市民調査室〉もしくはフォロワーの誰かが帝王製紙の関係者である可能性が高くなりましたね」

来馬は疲れた笑みを浮かべる。

「これで帝王製紙の関係者も軒並み容疑者ですね。いったい何人が対象者なんですか」

「本体だけで二万二千人、連結従業員も含めるなら三万五千人らしいですね」

「三万五千人」

自分で数を言って、呆れたように口を半開きにする。

「とてもサイバー犯罪対策課だけでは全員を相手にできませんね」

「大丈夫ですよ。彼ら全員を尋問するつもりはありません」

「ある程度は被疑者に見当をつけているんですか」

「まあ、そんなところです」

延藤の返事に、来馬は眉をぴくりと上げる。

「いったい誰なんですか」

「まだ確証は摑めていません。ただ、雅楼園事件が起きる前からの立ち居振る舞いを思い起こすと、〈市民調査室〉がただの愉快犯だったとは到底思えなくなってきました」

「初めてお会いした時、わたしは〈市民調査室〉の言動は一見自己顕示欲を満たす行為に見えるけれど、本人の計画性を隠蔽するためのものであると仮説を披露しました。憶えていらっしゃいますか」

「ええ。〈市民調査室〉のプロファイリングについては、やはり来馬さんが正しかったのです。だからこそ〈市民調査室〉が帝王製紙に弓を引いた理由をあなたと共有しようと伺った次第です」

「わたしは世間に対する復讐を考えていました」

「フェイクニュース拡散という目的ありきで、ＳＮＳを始めたという解釈をされていましたね」

「ええ。ストレス発散のためにフェイクニュースを拡散しているんだと。しかし最近は更に一歩進めて、単なるストレス発散ではなく、個人的な復讐のために〈雅楼園〉を陥れたのではないかと考えを改めていました。標的を定め、自身の創作したフェイクニュースで窮地に陥らせる。それだけなら愉快犯という捉え方をしてもよかったのですが、標的が日本を代表する企業になった時点で誤りだと気づきました。〈市民調査室〉は一種のルサンチマンですよ。自分よりも幸福な人間、自分よりも自由な人間を破滅させて昏い悦びに浸るタイプの反社会的な人間です。仮に〈市民調査室〉が帝王製紙の社員だとすれば、現社長が逮捕されても己のポジションは失われないという何らかの根拠があるのでしょう」

「つまり今回の鶴舞社長の件を暴露したのは自爆テロという見方なんですね」

「己を安全圏に置いた自爆テロという意味です。連結従業員が三万五千人もいるのなら、そういうポジションにいる社員は少なくないと思います」

「傾聴に値する考察ですが、わたしの考えは少し違います」

延藤はやんわりと否定する。

「〈市民調査室〉は実利で行動するタイプですよ。悪意がないとまでは言いませんが、決してルサンチマンではないでしょうね」

「ひょっとして、延藤さんは〈市民調査室〉が帝王製紙の関係者であるという説も疑っているんですか」

「ええ。わたしはその説、眉唾ものだと思っています。フォロワーが関係者である可能性はありますが、〈市民調査室〉自身はおそらく部外者ですよ」

「自信ありげな言い方。根拠は何ですか」

「それはまだ勘弁してください」

「ずるい」

「警察官の端くれですからね。証拠もない状況で断言する訳にはいかないのですよ。本音を言わせていただければ、こちらに伺ったもう一つの目的は証拠を得るためです」

「〈ＦＣＩ〉が協力できるのですか。私どもが拾えるような証拠なら、警察はもっと簡単に入手できるんじゃありませんか」

「警察で入手できなくはありませんが、色々と問題がありましてね。帝王製紙について或ることを調べていただきたいんです」


〈ＦＣＩ〉を後にした延藤が次に向かったのは目黒駅近くのマンション群だった。この周辺はタワーマンションがある一方、商店街には昔ながらの庶民的な店が混在し、新旧が違和感なく共存している。

目指したのは十二階建て集合住宅の八階だった。ここに元同僚が住んでいる。

ドアを開けると懐かしい顔が出迎えてくれた。

「いらっしゃい、延藤さん。お久しぶりです」

箕輪(みのわ)恭子は以前と変わらぬ快活さだった。

「旦那さんに挨拶したい」

「それが今日も遅くて。帰りは午前様になる予定です」

「何だ、それならそうと言ってくれ」

延藤は玄関に入りかけた身体を慌てて引き戻す。

「日を改める」

「大丈夫ですよ、旦那にはちゃんと報告済みだから」

「しかし、嫁さん一人の家に男が訪問するなんてのは」

「延藤さんが会合場所に喫茶店とかファミレスを指定しなかったのは、第三者に聞かれたくない話をするためですよね」

勘の鋭さも相変わらずだったか。

「本当にいいのか」

「捜査の一環なら、善良なる市民としては協力せざるを得ません」

「悪い。数分で済ませる」

箕輪恭子、旧姓木澤恭子は長らく延藤の下で働いていたが、昨年に寿退職した。サイバー犯罪捜査が性に合っていたらしく、チーム内では抜群のパフォーマンスを誇っていた。非常に有能な人材なので退職届を出された時には延藤と鬼頭が挙って慰留に努めたが、本人の意思が強く敢えなく退職されてしまったのだ。

リビングには結婚式の写真だけではなく、至るところに新婚の香りが漂っていた。

「今更泣き言を言いたくないが、時折きざ……箕輪さんが課に残ってくれていたらと思う時がある」

「あれれ。いつの間におべんちゃらが上手くなったんですか」

「社交辞令でも何でもない。警察官とひと口に言っても、それぞれ適性がある。死体を見るなり吐くヤツがいる一方、平気で目蓋を引っ繰り返すヤツもいる。サイバー犯罪も一緒だ。箕輪さんみたいなデジタルネイティブな人もいれば、俺みたいにロートルでギリギリ皆の足手纏いにならないようなヤツもいる」

「冗談。延藤さん、わたしが在籍していた頃からホープだったじゃないですか」

「SNSで風評被害を受けた経営者夫婦をみすみす自死させてしまった。何がホープなものか。HOPE（希望）じゃなくてDESPAIR（絶望）だ」

恭子は何かを悟ったらしく顔色を変えた。

「ひょっとして〈雅楼園〉の風評被害の件ですか」

「そうだ。風評被害を起こした張本人を追っている。今日訪ねたのもその件に関わりがある」

延藤は機密情報に抵触しない範囲で雅楼園事件について説明する。マスコミで公にされていないのは、桜庭和泉と言葉を交わした件だが、これは話している延藤も忸怩たる思いだった。

「そういう話を聞くと、無理と分かっていても職場復帰したくなるので困ります」

「別に困ることはない。サイバー犯罪対策課は、いつでも君の再就職を歓迎するぞ」

「無理と言ったのは、わたしがSNS発の悪意に耐えられなくなったからですよ」

恭子は寂しそうに笑ってみせる。

「課に勤めていた頃、ネットに蔓延る悪意に胸焼けを起こしていました。辛かったのは、炎上に参加するネット民たちが恐怖で我を忘れていることでした。皆、本当は知っているんですよ。見ず知らずの他人を叩くのは自分が人生の敗者なのを忘れたいからだって。それを確認したくない、他人から指摘されたくないから、炎上している相手に火矢を射る」

不意に半崎の顔が浮かんだ。半崎もまた己を敗者だと決めつけ、ネットで失地回復を夢見た一人だった。

「延藤さんの話を聞く限り、その〈市民調査室〉はネットに集まる人たちの不安やコンプレックスを増幅するのが、とても上手な印象を受けます」

「増幅器。つまりアンプみたいなものか」

アンプの役割は微細信号の増幅だが、それ以外にも、どの音源を鳴らすのか切り替えたり、音質や音量を調整したりできる。〈市民調査室〉をアンプに喩えるのは的を射ているように思った。

「他人の悪意を利用しようとする人間は大抵理性的です」

「俺もそう思う」

「きっと〈市民調査室〉は〈雅楼園〉にも経営者夫婦にも、何の興味もないと思います」

「それも同感だ。いや、被害者どころか自分のフォロワーたちにすら個別の興味はないだろうな。あいつが興味を持っているのは数だけだ」

「聞けば聞くほど手錠を掛けたくなる相手ですけど」

恭子は申し訳なさそうに言い淀む。

「言ったように、わたしはネットの悪意に耐性がなくなってしまって。この部屋、何か気づきませんか」

「パソコンが見当たらないな。以前は君の一部だったのに」

「退職してからネット断ちしているんです。情報はもっぱらテレビから。スマホも旦那との連絡にしか使っていません」

「もったいないな」

「スマホがですか」

「君の才能がだ」

「わたしは今の生活を大事にしたいんです。だから、お力になれません」

「現場に復帰してもらいたいのは山々だが、今日はそういう用件で来たんじゃない」

延藤は口調を和らげた。

「〈市民調査室〉に関する考察も大いに参考になった。自分一人で考え込んでいると独断専行になるからな。ただし最大の目的は君から証拠を提供してもらうことだった」

「提供って。わたしが〈市民調査室〉について聞いたのは今日が初めてですよ」

「提供してほしいのは〈市民調査室〉に関するものじゃない」

延藤はずいと顔を近づけた。

「俺の写真だ」


箕輪宅を辞去した午後九時過ぎ、鬼頭から電話が入った。

『どこで油を売っている』

「折角、外回りを許されたので精一杯権利を行使しているところです」

『どこでと場所を訊いている』

「旧姓木澤恭子の自宅です」

鬼頭の返事が一拍遅れる。

『鶴舞社長のスキャンダルと木澤との間に何の関連がある』

「彼女こそが最後のピースでした。彼女が提供してくれたお蔭で、ようやく正解に辿り着いたんです」

『今、電話で話せる内容か』

「確証は得ましたが証拠が得られていません。明朝に手配するので、逮捕状の請求はもうしばらく待ってやってください」

『何を手配するんだ』

延藤から手配する内容を伝えられると、鬼頭は不承不承に了承した。

3

「調査自体はさほど困難ではありませんでした」

〈ＦＣＩ〉の自室で、来馬は依頼された調査内容を報告してくれた。

「文書にまとめればＡ４サイズの紙がたったの二枚ですよ。延藤さんから頼まれた仕事にしては、あまりに手応えがありません」

「来馬さんに手応えがなくても、我々にとっては大きな前進となる資料ですよ」

延藤は謹んで資料を受け取る。たった二枚の文書の右上にわざわざ『極秘』などというスタンプを捺しているのは、多分来馬なりの茶目っ気だろう。

「つまり、この資料は足掛かりの一つという訳ですか」

「後は個人情報保護の絡みもあるので、これ以上来馬さんには迷惑を掛けたくないのですよ」

「わたしたちが調査すれば火傷をするという意味ですか」

「個人情報保護法というのは結構堅牢な法律でしてね」

延藤は申し訳なさそうに弁解する。

「第三者では、なかなかその扉をこじ開けられない。例外は我々のような捜査機関くらいのものです」

「その口ぶりだと〈市民調査室〉の逮捕も近いんですか」

言質を取ろうとしないでくれと言おうとしたが、来馬の真剣な顔を見ると冗談で済ませる訳にはいかなくなった。

「いつとは申せませんが、あまりお待たせはしないと思いますよ」

立場上婉曲な言い方しかできないが、来馬にはぴんときたようだ。

「この件に踏み込めば踏み込むほど、わたしは〈市民調査室〉を許せなくなりました」

「『ひどく冷静で、しかも自己顕示欲や私欲がまるで感じられない』というのがあなたの〈市民調査室〉に対する評価でしたね。わたしはてっきり来馬さんが好敵手として認識しているものとばかり考えていましたけどね」

「最初のうちはそうでした。好敵手。絶好の観察対象。貴重なサンプル。もし〈市民調査室〉本人と面談できれば、今後フェイクニュースを扱う上でも有益な資料になると目論んでいました」

「確かに貴重なサンプルであるのは間違いないですね。〈市民調査室〉はインフルエンサーの負の部分を凝縮したような存在ですからね。研究を進めていけばフェイクニュースの防止策を構築する材料にもなるでしょう」

「でも、捜査を進める延藤さんを標的に定めた時点で、わたしは〈市民調査室〉を邪悪な存在だと認定しました」

来馬は今までに見たことのないような険しい目をした。

「〈市民調査室〉が延藤さんを陥れようとしたのは自分の身を護るためです。無欲の衣を脱ぎ捨てて〈市民調査室〉は私欲のために他人を犠牲にしようとしました。そうなればありきたりの犯罪者ですよ。顔が見えないのをいいことに、他人を貶めて悦に入るただの卑劣漢です」

初対面の時は研究対象への好奇心が先行していると思えた来馬だったが、どうやら延藤の眼鏡違いだったらしい。

「愉快犯なんてとんでもない話で、〈市民調査室〉はＳＮＳを凶器に人を殺しています。今、捕まえなければ必ず模倣犯を生みます」

今後、模倣犯が出現する惧れがあるというのは延藤も同じ意見だ。一罰百戒とまでは言わないが、フェイクニュースをこしらえることがどれだけ悪徳であるのかを知らしめる必要がある。

「〈市民調査室〉を逮捕したら一番に教えてください」

快諾したいところだが事情はそれほど単純ではない。延藤は社交辞令で応えて、〈ＦＣＩ〉を後にした。

翌々日、延藤は鬼頭に呼び出された。用件は告げられなかったものの、進捗状況の報告を求められるのは間違いない。

「二人も一緒に来てくれ」

西條と畔柳に声を掛ける。西條は何も言わないが、畔柳はひどく情けない顔をした。

「僕が一緒にいても何の役にも立ちませんよ。捜査の進捗にしても、鶴舞社長の件から一歩も進んでいないんですよ」

「進んでいないことを含めて報告しろって話なんだろ」

「それって意味ありますかね。中間管理職の自己満足みたいな気がしますけど」

「課長は課長で大変なのさ。そろそろ畔柳も弁解に聞こえない報告の仕方を覚えた方がいい」

延藤が悪戯っぽく笑うと、畔柳は半泣きになり一層情けない顔になった。

案の定、鬼頭はつっけんどんな態度で延藤たちを迎えた。

「ほう、今日は雁首が三つ並んでいるな。まさか責任を分担しようって肚か」

「まさか。そもそも、まだ責任を問うような段階ではないでしょう」

「〈帝王製紙〉が絡んでいる以上、解決が長引けばいずれ責任問題になる。それくらいは承知していると思ったがな」

「捜査が進捗していないとはひと言も言っていませんよ」

するとと鬼頭は片方の眉をぴくりと上げた。

「報告する内容があるのか」

「〈市民調査室〉の素性に関して新たな展開がありました。まだ物証までは得られていませんが、状況証拠のみで逮捕状を請求できるのではないかと考えます」

にわかに鬼頭の目が輝きだした。

「状況証拠とは何だ」

「一つは〈市民調査室〉の本当の狙いに見当がついたことです。これをご覧ください」

延藤は持参したファイルからA４サイズの紙片二枚を取り出した。来馬から提供してもらった資料をそのままファイルに突っ込んでおいたのだ。

手渡された二枚の文書に目を走らせた鬼頭は、すぐに不満げな声を上げる。

「帝王製紙株の出来高報告じゃないか。これがどうした」

「出来高の日付を見てください。〈市民調査室〉によって鶴舞社長の金銭トラブルが発覚した翌々日になっています」

スキャンダルが発覚した翌日、帝王製紙株は売り注文が殺到して値がつかず、その翌日もストップ安になっている。

「文書の二枚目は出来高の占有率を示したグラフです。この日、帝王製紙株の売買を仲介した各証券会社の割合が明記してあります」

「野村證券、大和証券、三菱ＵＦＪモルガン・スタンレー証券、ＳＭＢＣ日興証券、みずほ証券の五社で出来高のほとんどを占めているな」

五大証券会社は機関投資家のみならず個人投資家まで幅広く手掛けている。会社規模から言っても信用度は高く、中小や地場証券が対抗できるのは小回りと融通が利くところくらいではないのか。

「こんなものを見せて、どうしろと言うんだ」

「その五大証券会社に、当日帝王製紙株を売買した個人投資家の個人情報開示を請求しました」

「電話で『明朝に手配する』と言っていたのは、その件だったのか」

日本証券業協会では各証券会社に、各社が有する顧客データを個人情報保護法の下で厳重に管理させている。開示させるには捜査関係事項照会書を送りつけるのが、もっとも手っ取り早い方法だった。

「その個人投資家の中に〈市民調査室〉が紛れ込んでいたというのか」

「〈市民調査室〉かどうかはともかく、たった一人で莫大な利益を得た者がいました。個人投資家で、しかも持っていた銘柄は雅楼園株と帝王製紙株がほとんどという稀有な人物でした」

「何だと」

途端に鬼頭の顔色が変わる。

「仮にこの人物をX氏としておきましょう。X氏が帝王製紙株の売買で得た利益は空売り・買い戻しによる利益でした」

空売り・買い戻しが何であるか、鬼頭には説明不要だった。

株主が手持ちの株を売ることを「現物の売り」と言う。これに対し、手元にない株を証券会社から信用取引を利用して借りて売ることを「空売り」と言う。

現在株価が高い銘柄を空売りし、株価が下がったところで買い戻せば「安く買って高く売った」ことになり、その差額が利益になる。買ったモノを売るという通常の商取引に親しんだ者には馴染めない仕組みだろう。

無論、銘柄が買った時より高騰していれば逆に損失になる訳だが、将来安くなるのが予め分かっていれば濡れ手で粟の商売と言える。基準価格比で十パーセント以上下落した場合、その瞬間から翌営業日の取引終了まで価格規制が発動するものの、翌々営業日には価格規制なしに戻るので、良からぬことを企む輩には有名無実の規制でしかない。

「そのXが帝王製紙株の空売りで得た利益は」

「売買手数料を差し引いても約一億二千万円」

「一億二千万円か。手前ェの手を汚さずに手に入れるカネにしては、べらぼうな金額だな。Xは事前に帝王製紙株を空売りしてから、鶴舞社長のスキャンダルを暴き立てて帝王製紙株の暴落を誘ったということか」

「わたしはそう踏んでいます」

「Xは雅楼園株も持っていると言ったな。そっちも空売りで結構な利益を得たのか」

「雅楼園株でX氏は味を占めたものと思われます」

雅楼園株の売買事実についても、X氏が株式売買口座を開設している証券会社からの開示で判明していた。

「今回と同じ手口ですよ。信用取引で借りた株を空売りし、雅楼園株が暴落するのを狙っていた気配があります」

「気配というのは何だ」

「X氏が雅楼園株を空売りしたのは、〈市民調査室〉が〈雅楼園〉廃業説を発する一週間前でした。風評被害で雅楼園株は一時暴落しますが、経営者夫婦の自殺報道と同時に遺族が発した遺書公開によって株価が反転するのに一週間しか要しませんでした。X氏はその一週間のうちに利ザヤを稼ぎました。ただし雅楼園株は元々浮動株が少なく、X氏が借り受けた株数も大した数ではなかったのです」

「期待した以上には稼げなかった。だから空売りの対象を雅楼園株から帝王製紙株に移したという訳か」

「雅楼園株で満足のいく利ザヤは稼げなかったけど、やり方自体は成功した。それで、より浮動株の多い銘柄で再戦を挑んだのでしょう」

「しかし待て。株の売買記録から、Xが雅楼園株や帝王製紙株の暴落を知った上で空売りをしたんじゃないかという疑惑が生まれるのは理解できる。しかし、そのXが〈市民調査室〉であるという根拠は何もないじゃないか」

「ええ、ありません」

延藤はあっけらかんと答える。

「〈市民調査室〉とX氏を結びつけているのは、SNSでの発信と買い戻しのタイミングが合致しているという一点だけです」

「株を空売りした投資家は他にもいるだろうし、雅楼園株と帝王製紙株の両方を手掛けた者も一人じゃあるまい」

「その二つの株を空売りしたのはX氏だけです」

「しかし、いかにも根拠としては弱い」

根拠が薄弱であるのは言われずとも承知している。だからこそ延藤は別の証拠を揃えるために奔走したのだ。

「株の売買記録だけでは根拠が薄いのは百も承知しています。しかしもう一つ、X氏が〈市民調査室〉本人であることを窺わせる事実があります。これも積極的な物的証拠ではありませんが、売買記録と合わせれば逮捕状を取るのに充分な状況証拠になると思われます」

延藤は紙片を鬼頭に差し出した。ネットに拡散された、自分自身が写り込んだ画像のプリントアウトだった。

「大田区連続殺人事件の現場にお前が立っている合成写真だったな」

「最初は仰天しましたが、よくよく見れば、わたしを捉えた構図が少し不自然なことに気づきました。斜め前から撮っているのに、わたしはレンズとまるで別方向を向いています」

「不自然なのはコラ写真だからじゃないのか」

「やっと思い出したんです。この写真を撮られた時、わたしの背後で卓上電話が鳴ったので不自然に身体を曲げたことを」

　延藤は一枚の写真を鬼頭に手渡した。花束を抱えた旧姓木澤恭子に、当時のサイバー犯罪対策課の面々が拍手しているのを後方から捉えたショットだった。拍手をしている者たちが後頭部を見せている中、延藤一人がこちらに顔を向けている。そのショットは明らかに捏造された数々の写真のオリジナルに相違なかった。

「この写真なら憶えている。木澤くんの送別会の時の写真だ。彼女に花束を渡したのはわたしだからな。そうか、この写真が元ネタだったのか」

「木澤さんがとっておいてくれた一枚を借りてきたんです。と言うよりも、このショットでまともに写っているのは木澤さん一人だけなので、写真を持っていたのは彼女ともう一人しかいないんです」

　その瞬間、延藤は彼の動く気配を感じた。

「もう一人とは言うまでもなく、撮影者本人であり、同時に雅楼園株と大量の帝王製紙株を空売りしたX氏です。畔柳、彼の身柄を確保しろ」

延藤と畔柳の行動が俊敏であったために、乱闘になる前に彼を取り押さえることができた。もっとも部屋の中で男三人に囲まれていれば逃げ場もなければ抵抗のしようもなかった。

「ご紹介します。彼が我々を悩ませ続けた〈市民調査室〉です」

床に腹這いにされた西條は、かつて見せたことのない邪悪な顔をこちらに向けた。

「延藤さん、何の冗談か知らないけど」

「今更なことを言わないでくれ。証券会社からの開示で、お前が雅楼園株と帝王製紙株の空売りをしたのは分かっている。送別会の時に撮影し、俺の写真のオリジナルを使って捏造できる立場にいたのもお前だ。サイバー犯罪対策課に所属していれば二課の情報も入ってくる。鶴舞社長の賭博スキャンダルを先んじて暴露するのも、お前なら簡単だった」

「だからと言って、僕が〈市民調査室〉だという決定的な証拠にはならないでしょう。僕が写真を〈市民調査室〉に提供しただけかもしれないじゃないですか」

「積極的な物的証拠ではないが、売買記録と合わせれば逮捕状を取るのに充分な状況証拠になると言ったはずだ」

延藤が来馬に帝王製紙株の出来高を調べてくれと依頼したのは、偏に隣席の西條に知られたくなかったからだ。準備していた罠に獲物が掛かり、延藤は年甲斐もなく昂揚していた。

「それって完全な見込み捜査じゃないですか」

「かもな。しかしお前のパソコンなりスマホなりに〈市民調査室〉名での投稿歴が残っていたら、どう弁明するつもりだ。お前もこの課の一員なら、投稿歴を削除したところで復元するのは簡単なのを知っているだろう」

西條は笑いかけた顔を凍りつかせる。

「逮捕状さえ取れれば、お前の部屋も私物も調べ放題だ。今のうちに自供すれば後々心証がよくなるぞ」

「心証が良かろうが悪かろうが」

初めて西條は開き直る。

「問われる罪は、せいぜい雅楼園事件での信用毀損と威力業務妨害くらいのものでしょう。刑法第233と234条、三年以下の懲役又は五十万円以下の罰金。軽微なものです」

「民事での賠償責任を故意に忘れているのか。〈雅楼園〉従業員たちの怨嗟はお前から剝ぎ取れるもの全てを剝ぎ取ろうとするだろう。そもそも刑事にしても金融商品取引法違反と背任の罪がある。全部まとめたら、いったい何年の懲役になるかな」

「カネは取るけど、滅法腕の立つ弁護士を知ってるんで」

「そうか。こっちには喋らない代わりに、滅法存在感のある証人がいるぞ」

延藤は自分のスマートフォンを取り出し、一枚の画像を表示させた。

在りし日の桜庭夫妻の写真だった。

「〈雅楼園〉から拝借した写真だ。お前が小遣い稼ぎのために広めた風評のせいで心中した夫妻の写真だ。よく見ろ」

鼻先数センチまで近づけられると、西條は拗ねたようにぷいと顔を背けた。

「独房にいていても、法廷に立っていても、いつも桜庭夫妻はお前を睨み続けている。それを忘れるな」

取調室に放り込まれてスマートフォンを押収されると、諦めがついたのかようやく西條は口を割り始めた。

「〈市民調査室〉はですね、ホントに純粋な趣味のためのアカウントだったんです。ストレスを溜め込んでも、食レポや宿レポで『いいね』を沢山もらうと、やっぱり自分が認められたような気になるんですよ」

「ああ、ストレスというのは仕事由来のものじゃなくて、もっぱら私生活に関するものです。少し前からFX（Foreign Exchange 外国為替証拠金取引）にハマっちまいまして。最初は結構稼いでたんですけど、今年初めに某国の突然の通貨切り下げがきっかけで世界的な株価暴落とリスクオフが起きたでしょ。あれでとんでもない額の借金をこさえてしまったんです」

「借金を背負ったストレスを発散するためだったと今では思いますけど、食レポや宿レポの合間にほんの少しフェイクニュースを挟み込むことを始めたんです。すると面白いくらいにフォロワーさんたちが食いついてくれて。風評被害を利用して空売りで利ザヤを稼ぐのを思いついたのはその頃です」

「〈雅楼園〉には実際に宿泊したことがあるので、真に迫ったフェイクニュースが作りやすかったです。証券会社を通じて結構な株を確保してから廃業間近だと投稿しました。目論見通り、まんまと雅楼園株は暴落して利ザヤを得ることはできましたけど、それでも莫大な借金の穴埋めには到底足りませんでした。僕は第二第三の雅楼園株を仕込まなきゃいけなかったんです」

「ところが〈雅楼園〉の経営者夫婦が心中すると、俄然延藤さんが捜査にのめり込むようになって……正直、恐かったんですよ。延藤さんのしつこさと有能さは誰よりも僕が知っていましたからね。それで延藤さんの動きを少しでも牽制しようと、あの捏造写真を投稿したんです。どうですか、延藤さん。あのコラ写真、結構ショッキングだったでしょ」

「身近にいたから延藤さんの姿はいつでも盗撮できたんですが、直近に撮った写真だとすぐにバレそうな気がしたんです。フォルダーを検索していたら適度に古くて、顔と全身が写っている一枚を見つけました。それがあの送別会の写真です」

「〈市民調査室〉のアカウントで発信していると、別の自分になることができました。生活からも借金からも権威からも解放された自由なヒーローってとこですか。サイバー犯罪対策課ではさほど成果も出せず課長の覚えもめでたくない僕も、SNSの中では十何万人ものフォロワーの上に君臨するヒーローでいられる。僕のひと言で十何万人もの人間を子蜘蛛のように自在に操ることができる。一度あの全能感を味わうと病みつきになる。そんなことを続けているとですね、リアルとサイバー空間の境界線が曖昧になってきますね。だから延藤さんには少しだけ感謝しているんです。ここで逮捕されなかったら、僕はずっとSNSの中で〈市民調査室〉を続けなきゃいけなかった」

「損害賠償かあ。まだ金額を想定したことはなかったけど、帝王製紙株の空売りで稼いだ利ザヤも吹っ飛ぶんでしょうねえ。検察も裁判所も現役警察官の犯罪には厳しいと言うし。いよいよ敏腕弁護士を雇わなきゃならない羽目になりそうですねえ」

「あと、これは本当に勝手な言い分ですけどね。僕は延藤さんが嫌いじゃないですよ。先輩として尊敬もしていますしね。でも、僕が〈市民調査室〉として活躍するにはどうにも目障りだったんです。大田区の連続殺人ではちゃんとアリバイがあったから、捜査一課も本気で疑わなかった。あなたに冤罪を被せるつもりはなかったんですよ。それは信用してほしいな」

「〈雅楼園〉経営者夫婦への詫び、ですか。困ったな……。さっきまでは自分の与り知らぬところで死んでいった無関係な人たちという捉え方をしていたんだけど、あんな写真を見せられると落ち着かなくなる。実際、あの程度の風評で自死を選ぶなんて想像もしていなかったんです」

「こうね、胸の辺りがざわめくんですよ。罪悪感なんですかね。それでも胸を刺すような痛みや責任は感じなくて。もらい事故をさせたような感触と言えば理解してもらえますか。え、冷淡ですって」

「ええ。言われてみるとそうかもしれません。悪事は全部〈市民調査室〉にお任せでしたからね。でも多少なりとも心が痛むようになったのは、やっぱりリアルとサイバー空間の境界線が曖昧になってきたせいでしょうね。それがいいことか悪いことかはともかくとして」

4

延藤が久しぶりに半崎と出くわしたのは、警視庁の玄関前だった。今しがた取り調べを受け終えた直後らしく、肩を丸めて疲労困憊の体だった。

よお、とどちらからともなく言葉を交わす。延藤の方に急ぎの用はなかったので、何となく並んで歩く流れになった。

「まだ取り調べが続いているらしいな」

「知っている癖に訊くな。お前んところの畔柳ってのはタチが悪い。何度も何度も同じことを質問しやがって」

「訊く度に違う答えが返ってきたら、お前の方が都合悪くなる。もうしばらく付き合ってくれ」

「そろそろ刑務所にぶち込まれると思っていたが、今も家と警視庁の往復だ」

「逃亡する惧れがないからだ」

「このまま不起訴にしてくれねえかな」

半崎は反応を窺うようにこちらを見る。既に半崎の身柄は送検され、起訴するか不起訴にするかは担当検事の胸三寸だ。

ただ〈市民調査室〉の素性が現役の、しかもサイバー犯罪対策課の捜査員であると知れた今、検察が厳罰主義に傾くのは目に見えている。その際はフォロワーであった半崎たちも無事では済まないだろう。

「まさか〈市民調査室〉がお前の身内だったとはな」

半崎は延藤の一番痛いところを突いてきた。先日取り調べた際の意趣返しのつもりか。

「知らされた時には二重に裏切られた気分だった。同じ部署にいて全然気づかなかったのか」

「私生活までは把握できん」

「長年、同じ釜の飯を食っていたんだろ」

「SNSで別名のアカウントを持った瞬間、違う人格に変貌してしまうのは、お前も経験しているだろ」

半崎はそれには答えず黙り込む。

「〈市民調査室〉、いや西條とか言ったな。結局は私欲のためにインフルエンサーを演じていたんだってな。新聞で読んだ」

「本人のささやかな名誉のために言っておくと、最初は何の悪気もなく真っ当な食レポと宿レポに徹していたらしい。借金苦のストレスが重なって雲行きがおかしくなった」

「俺たち愚かなフォロワーたちは、そのとばっちりを食ったという訳か。ふん、阿呆らしい」

半崎は切ないような目で延藤を睨め回す。

「お前の仲間の気紛れのせいで俺の人生はメチャクチャだ」

得体の知れない匿名の人間を信じたお前も悪い、とはとても言えなかった。

「法廷で徹底的に闘うと言っていたな」

「あれは〈市民調査室〉の正体を知らなかったためだ。今となっちゃあ護るつもりはない。ただ、話が刑事だけなら威力業務妨害罪について闘うだけだが、〈雅楼園〉は民事でも争う姿勢を打ち出してきた」

半崎は溜息交じりに言う。

「刑事も民事も闘う羽目になったら、やっぱり弁護士を立てなきゃいかん。この間、紹介してもらった弁護士に相談してみたら、民事で勝つのは困難かもしれないと言われた。どちらにしても裁判の後は今まで以上に苦しくなる」

そしてまた延藤を恨めしげに睨む。

「お前が身内に厳しかったら、こんなことにはならなかった」

「俺の責任か」

「自業自得だってのは承知している。だが腹の虫が収まらない。きっと〈市民調査室〉のフォロワーだった人間はみんなそうだろう。〈市民調査室〉も憎い。ヤツを野放しにしていた警察も憎い。しかし一番憎んでいるのは自分自身だろうよ」

半崎はいったん言葉を切り、延藤の反応を窺うように黙っていた。

言わんとしていることは何となく想像がつく。それだけ長く付き合ってきた。

一番憎んでいるのは自分自身という言葉は延藤にも向けられているのだ。〈市民調査室〉の隣で仕事をしていながら死者が出ても尚、彼の正体に気づけなかった。間抜けにも程がある。

実際、彼の素性を知らされた鬼頭は、小一時間ほど延藤を罵り続けたのだ。鬼頭の管理責任を問う声は当然として、同僚である延藤たちの迂闊さもまた刑事部の俎上に載せられている。身内から罪人を出した部署は、どうしても後ろ指を指される。

「〈市民調査室〉を逮捕した俺たちも火ダルマになっている」

「ふん、多少焼かれた方が毒消しになるんじゃないのか」

「事件が解決しても誰一人報われない」

「勝手に感傷に浸ってろ。こっちはそんな暇もない」

元より新聞販売店の経営が苦しかった上に弁護士費用が、有罪や敗訴の場合は罰金や賠償金までが発生する。半崎家の生活が更に困窮するのは火を見るよりも明らかだった。フェイクニュースの拡散に力を貸した者として、近隣からの中傷も容易に想像される。半崎には一層苛酷な未来が待っている。

一方、延藤が受けた傷も大きい。同じ犯罪と闘っていた仲間が最低の悪党であった事実は、延藤を人間不信に陥らせるには充分だった。この先、職場の上司や同僚を曇りのない目で見る自信がない。

信じていた相手にこっぴどく裏切られたという点で、延藤と半崎は同等の立場にいる。同病相憐れむといきたいところだが、半崎にはその余裕すらもないだろう。

「当分の間、俺は人を信用しない。いや、信用できない」

まるで延藤の心を読んだかのように半崎が呟く。

「〈市民調査室〉のフォロワー全員とは言わんが、大部分は自己嫌悪で身悶えしている頃だろうよ。会ったこともない、顔も知らない相手を信じることがどれだけ愚かなのかを強引に教えられた。少しでも賢いヤツはまず眉唾で相手を見るようになる。賢くないヤツは、また無条件で人を信じて痛い目に遭う。どっちも救われない」

「更に賢いヤツには別の選択肢がある」

「何をするというんだ」

「第二の〈市民調査室〉になって、今度は人を騙す側に回る」

「ふん」

半崎にはそうなってほしくないと言ったつもりだが、彼の胸に忠告が届いたかどうかは定かでない。吐いた言葉の全てが虚空に掻き消されていくような虚しさがある。

同じ立場に落ち、同じ虚しさを抱いていても以前の間柄には戻れない。〈市民調査室〉は最低の悪党だと延藤が断じているのは、そういう理由だ。

「第二の〈市民調査室〉か。なかなか魅力的な提案だな」

「おい」

「そんな真似、頭の悪い俺にはどだい無理な相談だ」

半崎は天を仰いで言う。

「お前が危惧していようがいまいが、いずれまた二人目三人目の〈市民調査室〉は現れる。そして俺に似た馬鹿たちがいいように騙されて、えらい目に遭う。きっと世の中ってのは、そういう具合にできている」

「それはそうかもしれないが」

「だからお前は今の仕事を続けろ。〈雅楼園〉の経営者夫婦みたいな被害者や、俺たちみたいな馬鹿野郎を作らないために必死で働け。お前が果たすべき最低限の責任だ」

それだけ言うと、半崎は挨拶もせず立ち去っていく。

今のは半崎なりのエールだったのだろう。

いつかまた無駄話ができればいいのだが。

延藤は旧友の後ろ姿を見送ると、己の戦場に戻っていった。

初出
「小説新潮」二〇二二年七月号〜二〇二三年四月号

中山七里　（なかやま・しちり）

1961年、岐阜県生まれ。『さよならドビュッシー』で第8回『このミステリーがすごい！』大賞を受賞して2010年にデビュー。音楽を題材とした岬洋介シリーズほか、ミステリーを軸に、さまざまな社会問題をテーマに精力的に執筆を続けている。『月光のスティグマ』『死にゆく者の祈り』『特殊清掃人』『ドクター・デスの遺産』『護られなかった者たちへ』など著書多数。

絡新婦の糸　警視庁サイバー犯罪対策課

発　行　　2023年11月30日

著　者……中山七里

発行者……佐藤隆信

発行所……株式会社新潮社

〒162-8711　東京都新宿区矢来町71

電話　編集部（03）3266-5411

　　　読者係（03）3266-5111

https://www.shinchosha.co.jp

装　幀……新潮社装幀室

印刷所……大日本印刷株式会社

製本所……大口製本印刷株式会社

乱丁・落丁本は、ご面倒ですが小社読者係宛お送り下さい。
送料小社負担にてお取替えいたします。
価格はカバーに表示してあります。

ISBN978-4-10-337013-0 C0093